KALT

denkt

Bibliografische Information der Deutschen Nationalbibliothek:
Die Deutsche Nationalbibliothek verzeichnet diese Publikation
in der Deutschen Nationalbibliografie, detaillierte bibliografische
Daten sind im Internet über http://dnb.dnb.de abrufbar

Originalausgabe Januar 2019
Texte Copyright © 2019 by Marcus Becker
Bilder © bei den jeweiligen KünstlerInnen

Herstellung und Verlag:
BoD – Books on Demand, Norderstedt

„Kalles Kram im Kopf" erscheint jeden Sonntag auf facebook.
Von Marcus Becker verfasst.

Lektorat: Gesine Otto
Gestaltung und Satz: Bianca Schützenhöfer
Printed in Germany

ISBN: 978-3-7481-9129-2

Identität

Kalles

Tagebuch Herbst im

9/11

Schönheit

Geburtstag Sprache Mitte Zugehörigkeit

Entspannung Ibiza Moment

Eigentlich Superhelden

Kram Krank

Schlaf Schlaf

Mobbing

Kopf

Schnee

Kopfhörer

Kalle gefällt das mit diesem sonntäglichen veröffentlichen. Sich gemütlich beim Käffchen hinsetzen. Oder beim Konterbier. Ganz selten ein Prosecco. Sinnieren. Losschreiben. Abschicken. In die Welt hinaus. Ob sie will oder nicht.

Manchmal kommt er bei seinen eigenen Assoziationen nicht mehr hinterher. Liest sich das noch einmal durch. Wundert sich. Und denkt, dass das fast die besten Texte sind. Denn wer kann schon einen Anderen verstehen? Ein Ding der Unmöglichkeit. Und faszinierend, wenn man sich noch nicht einmal selbst versteht.

Er hat weiterhin ganz viel Kram im Kopf. Manchmal explodiert dieser regelrecht. Weil sich im Laufe der Woche so viel Kram dort angesammelt hat. Von Beobachtungen. Gesprächen. Filmen. Serien. Zeitung. Werbung. Internet. Social Media. Und was ihn sonst noch so beeinflusst. Beschäftigt. Ihm Begegnet.

Kalle schaut sich das alles interessiert an. Ist wissbegierig. Will die Welt verstehen. Sich selbst verstehen. Pickt sich aus all dem das heraus, was ihm wichtig erscheint. Meinung. Eigene. Ist gar nicht so einfach. Schwarz und weiß. Die Milliarden Grautöne dazwischen. Falsch oder richtig. Wer sagt einem das? Früher war alles einfacher. Stimmt gar nicht. Früher war lediglich alles früher.

Also schreibt er sich weiterhin seine Gedanken aus dem Kopf. Leert den Speicher. Um Platz für Neues zu schaffen. Reflektiert so. Verarbeitet. Ist billiger als ein Psychiater.

Kalle assoziiert sich durch die Welt. Und lässt uns daran teilhaben. Herzlich willkommen zu „Kalles Kram im Kopf":

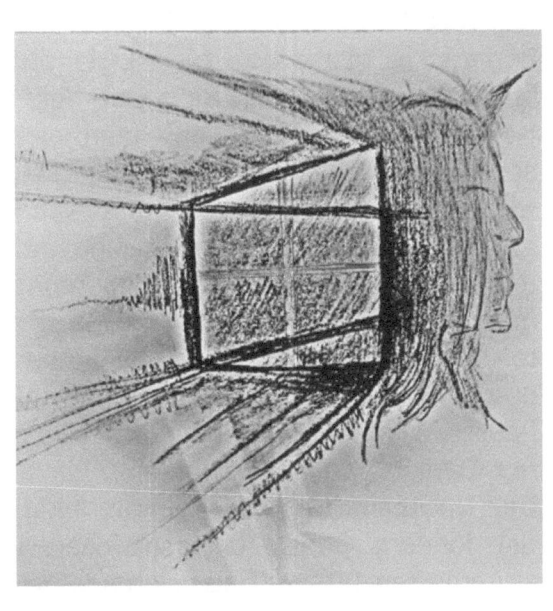

Kalle denkt:

Flow. Manchmal rennt es. Läuft. Wahrscheinlich nicht einfach so. Wahrscheinlich am Ende eines langen Prozesses. Mit viel Vorarbeit. Aber wenn es läuft. Dann ist das mitreißend. Möglichkeiten entstehen. Verbindungen. Begegnungen. Offenheit. Gespräche. Ideen. Pläne gehen auf. Eins ergibt sich aus dem anderen. Mit Leichtigkeit. Ach ja, und dann könnte man noch das machen! Und jenes. Energie wird freigesetzt. Begeisterung. Ist ansteckend. Setzt wieder neue Energie frei. Positiver Teufelskreis. Heißt das dann Engelskreis? Ich nenne ihn so! Und hopp ist es fast schon zu viel. Handbremse ziehen. Anker werfen. Erden. Bevor der Burn-Out das macht. Wieder sortieren. Neuorientierung. Alles kann man nicht machen. Und müssen schon gar nicht. Man muss aber selbst merken, was wirklich wichtig ist. Priorisierung. Stress kann man begegnen. Entgegentreten. Macht sonst auch niemand. Niemand kommt daher und schränkt uns ein. Wenn es rennt sowieso nicht. Dann ist man unstoppable. Positiver Stress. Die Linie nicht überschreiten. Denn es macht doch Spaß! Aber mit der Energie verhält es sich wie mit dem Wachstum. Ist nicht unendlich. Deswegen Pausen. Immer mal wieder. Sich selbst anhalten. Durchschnaufen. Dankbar sein für Sonntage. Für ein leckeres Essen. Musik. Den Nachbarn. Das Kuscheln als Alltagssexualität. Das Spiel mit den Kindern. Das Mittagsschläfchen auf dem Sofa. Und dann weiterfließen lassen. Balancierende Sache . . .

Kalle denkt:

Notenschluss. Die Wochen davor. Horror. Zumindest für diejenigen, die noch was leisten müssen. Und deren Eltern. Verhandlungen. Mit NachhilfelehrerInnen. Und der Kommentar: Warum jetzt erst? Auf den letzten Drücker. Das Nachholen, was das ganze Jahr nicht geklappt hat. Wieso sollte es jetzt eine gute Note werden, wenn es bisher nur 5er gab? Ein bisschen so wie im Sport. Wenn man die letzten Spieltage vor Saisonende gewinnen muss. Wieso hat man das nicht schon vorher gemacht? Grundsätzliche Einstellungssache. Aber auch Druck. Eigentlich ist es Wurscht. Wobei. Als ich wiederholt habe, dachte ich auch: Hab ich ja alles schon einmal gemacht. Fehler! Denn hätte ich es schon einmal gut gemacht, wäre ich nicht hocken geblieben. Jugend sieht das anders. Jugend hat den Kopf woanders. Pubertät. IPhone. Jungs. Mädels. FreundInnen. Hobbys. Tanzen. Shoppen. Beziehungen. Der Urlaub danach. Und trotzdem die Hoffnung, dass es im nächsten Jahr anders wird. Also wieder bei den Eltern. Dass irgendwann der Hebel umgelegt wird. Der Ernst des Lebens erkannt wird. So ein Schmarrn. Der kommt noch früh genug. Steht vor der Tür. Und sagt „Ätsch!". Aber wann kommt der Spaß wenn nicht in der Jugend? Dinge ausprobieren. Grenzen verschieben. Regeln brechen. Erfahrungen machen. Auf die Schnauze fallen. Aufstehen. Krone richten. Weitermachen. Eltern, habt Ihr das schon vergessen? Herrliche Sache . . .

KALLE DENKT: **NACHTZUG** . IM ABTEIL .
MIT 6 MÄNNERN . WOBEI GESCHLECHT EGAL . ABER 6
PERSONEN . VOLL . GEPÄCK . LUFT . SCHUHE AUS . DUFT . GÜNSTIGE
SCHLAFPOSITION . FÄLLT SCHWER . HAB SCHON EINIGES PROBIERT .
VON DIE NACHT VORHER DURCHGEMACHT . BIS HIN ZU BESAUFEN .
WEIß IMMER NOCH NICHT, WAS WIRKT . VIELLEICHT MAL 1
JEWESEN BUCHEN? DA BEKOMMT MAN AUCH 1 FRÜHSTÜCK .
KAFFEE ODER TEE . 2 SEMMELN MIT MARMELADE . GUTEN MORGEN .
IST ABER TROTZDEM SCHÖN . VOR ALLEM IN DEN SONNENAUFGANG
HINEINZUFAHREN . ODER RAUSZUFAHREN . DEN UNSCHULDIGEN
TAG ZU SEHEN . MIT DEN ERWARTUNGEN, DIE MAN AN DAS
ZIEL HAT . DIE ♡LIEBSTE WIEDERZUSEHEN . ARBEIT . 1
AUFTRITT . 1 FREUND BESUCHEN . 1 COOLES HOTEL . DIE EM .
ANLÄSSE GIBT ES 1000E . & DER TAG LIEGT NOCH VOR 1 .
DIE SONNENSTRAHLEN ERZÄHLEN VON DEM, WAS KOMMEN KANN .
& WENN MAN TATSÄCHLICH 1 PAAR STUNDEN DIE AUGEN SCHLIEßEN
KONNTE . & SCHLAF FAND . DANN KANN 1 DAS BEFLÜGELN . DEN
TAG BEGLEITEN . DIESES GEFÜHL, ALLES ZU KÖNNEN . DASS DIE
WELT 1 GEHÖRT . & MAN SIE AUS DANK DAFÜR UMARMEN MÖCHTE .
GELASSENHEIT . IRGENDWIE WIRD ALLES GUT WERDEN . &
HOFFENTLICH HAT MAN DAS SMARTPHONE AUSGESCHALTET . KEINEN
KONTAKT NACH DRAUßEN . DANN BLEIBT DIESES GEFÜHL BIS
MINDESTENS ZUM BAHNHOF . VERMISCHT SICH DORT MIT DER
GESCHÄFTIGKEIT . MIT DEM DUFT DER BÄCKEREI . MIT
LAUTSPRECHERANSAGEN . MIT DEM LÄCHELN DESJENIGEN,
DER 1 ERWARTET . *Wiederselende Sache ...*

Kalle denkt:

Schreiben. Öffentliches. Da hockt einer. Mitten im Leben. Oder in der Bar. Und schreibt. Kreativität. Entsteht doch eigentlich aus der Ruhe heraus. Glauben die meisten. Nur der scheint es nicht zu wissen. Sitzt da. Im Zigarettenrauch. Mit Musikberieselung. Schaut sich um. Haut etwas in die Tasten. Das wird übertragen. An einen Bildschirm. In den Raum hinein. Über einen Beamer. An die Schaufensterscheibe. Mit Folie hervorgehoben. Man kann mitlesen. Sieht sich bewegende Buchstaben. Zusätzlich noch eine Kamera. Die aufnimmt, wie Kunst passiert. Und das an einen Bildschirm schickt. Auch im Schaufenster. Ein Schild. Hotelschriftstellerei. Man darf mit dem Autor sprechen. Soll sogar. Mal fragen, was das hier ist. Coole Idee. Ungewöhnlich. Will ich auch. Worum geht's? Lebensformel. Ah. Interessant. Ich kann nicht rechnen, deshalb bekommst Du meine nicht. Kinder lesen mit. Manche laut. Dann darf nichts Blutrünstiges geschrieben werden. Hier und da doch mal ein Kommentar. Kritik an der Interpunktion. Sind doch keine Sätze. Ohne Verb. Daraus erspinnt sich eine Diskussion über Zweig und Zuckmayr. Gespräche mithören. Ablenkung und Inspiration zugleich. Rammstein-Fans. Vorglühen. Die kleine Louisa. Von der Oma hergeschleppt. Will Schriftstellerin werden. Gespräch von Kollege zu Kollegin. Kollegen gesellen sich dazu. Schreiben auch. Austausch. Begegnungen. Beobachtungen. In 35 Tagen zum Buch. Produktive Sache . . .

Kalle denkt:

Packen. Urlaub. Koffer entstauben. Stimmt, den wollte ich ja schon längst reparieren lassen. Egal, wird noch das eine Mal gehen. Gepäckliste. Wenn man organisiert ist. Geht aber auch chaotischer. Und es ist ja nicht so, dass man am Urlaubsort nicht auch etwas kaufen könnte. 14 Unterhosen. Noch eine in Reserve. Nicht dass man zwischendurch Waschen könnte. Fünf oder sechs Hosen? Wie viele Westen? Und was ist, wenn es kalt wird? Abends? Was ist, wenn das Unvorhergesehene eintritt? Kann man alles einplanen? Sonnenmilch nicht vergessen. In ein Sackerl. Nicht, dass etwas ausläuft. Und dann alles ruiniert ist. Keine Flüssigkeit mit ins Flugzeug nehmen. Auch keine Nagelschere. Wobei es durchaus seinen Reiz hätte, ein Flugzeug mit einer Nagelschere zu entführen. Wäre man dann Held oder Terrorist? Ladekabel. Eigentlich das Wichtigste. Wie viel Kilo darf mein Gepäck noch einmal haben? Ist der Pass abgelaufen? Nein, aber bald. Glück gehabt. Flug bestätigen lassen. Wer gießt die Pflanzen? Und was aus dem Kühlschrank überlebt die Zeit? Wie ordentlich soll ich die Wohnung hinterlassen? Warum fahre ich eigentlich weg, wenn ich die Wohnung aufräume, dass sie gut aussieht? Dann könnte ich doch auch zu Hause bleiben! Strom überall ausschalten. Den AB besprechen. Aber nicht so, dass Einbrecher wissen können, dass ich im Urlaub bin. Auf dem Weg zum Bahnhof die quälende Frage, was ich alles vergessen haben könnte. Und ob das Bügeleisen ausgestellt ist. Wiederkehrende Sache . . .

Kalle denkt:

Identität. Ich. Es. Über-Ich. Wer ist das? Frage in der Jugend. In der Pubertät. Eigentlich immer. Wer sind die Anderen? Anschauen. Beobachten. Verhalten. Übernehmen. Unreflektiert. Was ich kenne, werde ich wohl selbst auch machen. Nicht jedes Kind, das geschlagen wurde, schlägt ebenfalls. Die Wahrscheinlichkeit ist nur höher. Abgrenzung gegenüber den Anderen. Welcher Gruppe möchte ich beitreten? Möchte ich überhaupt einem Verein zugehören, der mich aufnimmt? Wie möchte ich sein? Wer möchte ich sein? Forrest Gump fragte, ob er mal ein Anderer sein würde. Phasen des Lebens. Baby. Kind. Teenager. Und dann nur noch Erwachsener? Diese Phase scheint unendlich lange zu dauern. Irgendwann alt. Aber doch immer derselbe. Entwicklung. Hoffentlich nicht nur körperlich. Sichtweisen ändern sich. Einstellungen. Außenbeeinflussung. Weltbild. Eigene Erfahrungen. Veränderung. Angst davor. Weil wir das schon immer so gemacht haben. Es war zwar nicht immer gut. Könnte aber noch schlimmer werden. Wenn ich immer das tue, was ich schon immer getan habe, werde ich das bekommen, was ich immer bekommen habe. Was aber, wenn das nicht so glorreich war? Veränderung setzt immer bei uns selbst an. Einen Anderen kann ich nicht verändern. Das kann nur er. Bereitschaft. Ziele. Wege dahin. Unterstützung. Gemeinsam. Und von Außen. Professionell. Andere Seiten herauskitzeln. Sich neu entdecken. Neu erfinden. Andere überraschen. Wie auch sich selbst. Und merken, dass Identität veränderbar ist. Erfrischende Sache . . .

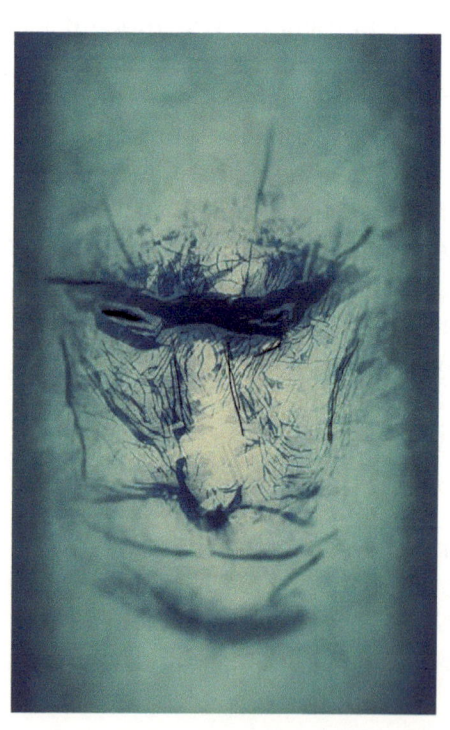

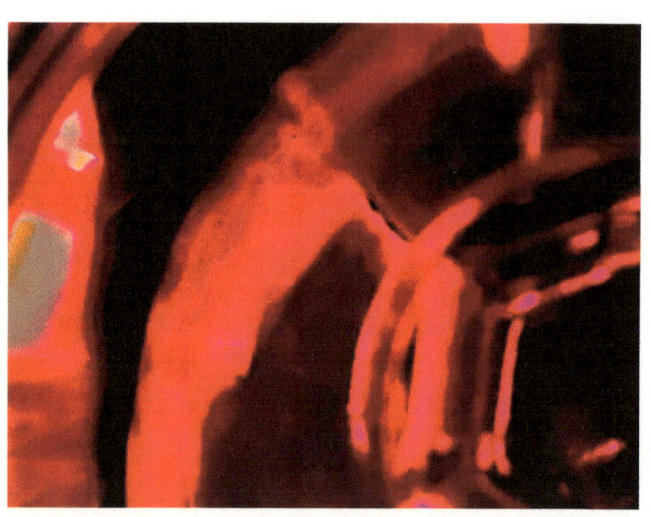

Kalle denkt:

Ibiza. Die weiße Insel. Party. Geht aber auch anders. Früher jede Ferien dort verbracht. Ein eigenes Haus will genutzt werden. Vadder ist dort verstorben. Grab gesucht. Nicht gefunden. Die haben Nummern. Auch Namen. Aber eben nicht alle. Und sind überirdisch. Übereinander. In kleinen Grabeshochhäusern. Der Boden ist hart und der Platz begrenzt. Eintauchen in die Vergangenheit. Den eigenen Kindern die eigene Kindheit vermitteln. Plätze aufsuchen. „Wenn es das noch gibt" als geflügeltes Urlaubs-Wort. Veränderung. Das Eiscafé heißt zwar noch so wie damals, bietet aber kein Eis mehr an. Der CD-Laden verkauft auch keine CDs mehr. Security und Zäune. Türen mit Schlössern, wo früher Freiheit war. Freiheit hat manchmal ihren Preis. Hierbas Ibicencas. Überall kleine Kolonien. Hier sprechen sie nur Französisch, dort gibt es Guiness und drüben einen Supermarkt mit Ravioli von Maggi sowie Brezeln. Ganz Europa auf einer kleinen Insel. Brot mit Aioli. Oliven. Sangria. Cocktails auf der Iditenrennbahn. Angelo's war früher ein paar Meter weiter links. Immerhin kommen ab 0.00 Uhr immer noch die AnimateurInnen für die Clubs. Pacha. David Guetta jeden Donnerstag. Danach zum Strand. Die Salinen. Fanta Limon. Irgendwann chillt die Chillout-Musik nicht mehr. Der Hippiemarkt am Mittwoch. Wenig Hippie, viel Klamotten. Überall ein guter Preis. Und trotz allem ein gewisses Gefühl. Als ob man so sein dürfte, wie man ist. Als ob alles egal wäre. Zumindest für die paar Tage Urlaub. Leichte Sache . . .

Kalle denkt:

Nerven. Liegen blank. München. Würzburg. Nizza. Türkei. Kabul. Passiert tatsächlich mehr Gewalt? Oder bekommen wir das nur mehr mit? Durch Medien. Globale Vernetzung. Mitgefühl mit den Hinterbliebenen. Politik, die reagieren muss. Überprüfung der Waffengesetze. Bringt nix, wenn die Waffen illegal beschafft wurden. Soziale Gerechtigkeit würde was bringen. Steht im Gegensatz zur reell existierenden sozialen Marktwirtschaft. Obwohl beide sozial sein sollen. Was bedeutet eigentlich sozial schwach? Meinen wir damit nicht in erster Linie ökonomisch schwach? Und vergeben dieses Prädikat an die Verlierer unserer Gesellschaft? Die Schere zwischen arm und reich. Geht immer weiter auseinander. Und die eine Klinge der Schere ist wesentlich fetter als die andere. Niemand will ein Verlierer sein. Und so wehrt man sich. Sucht die Schuld bei Anderen. Noch Schwächeren. Einfache Erklärungen werden angeboten. Von AfD bis Trump. Und fallen auf fruchtbaren Boden. Dankbar. Dass es mal jemand benennt. Alternative Lösungen werden nicht aufgezeigt. Also menschenwürdige. Stattdessen Verschärfungen. Zäune. Sicherheit im Fokus. Doch Einzeltäter kann man nicht verhindern. Niemals. Wie denn? Psycho-Tests bei allen Menschen? Nach Selbstmordattentatgedanken suchen? Wie kann man Amok erforschen, wenn die Forschungsobjekte alle tot sind? Der Nachbar wird bestätigen, dass es ein Netter war. Bis zur nächsten Schlagzeile. Traurige Sache . . .

Kalle denkt:

Schlagzeile. Sticht ins Auge. Polarisiert. Ist das, was gesehen wird. Gelesen wird. Meinung macht. Verantwortung der Schreiberlinge. Journalismus. Investigativ. Ehrlich. Vertrauenswürdig. Schnell. Recherchiert. Formuliert. Flüchtlingswelle. Krise. Oder andere Wortschöpfungen. Übertreibungen. Bewirken etwas. Machen etwas mit uns. Die Zeitung will verkauft werden. Anzeigen. Auflage. Aber zu diesem Preis? Zu welchem? Angst machen. Terror im Kopf. Da fängt es an. Was glaube ich und was nicht? Wer hat mir beigebracht, Informationen zu lesen? Zu unterscheiden. Wer hat uns beigebracht, skeptisch zu sein? Die richtigen Fragen zu stellen? Dinge in Frage zu stellen? Immer mehr Informationen stehen zur Verfügung. Allgemeine. Persönliche. Wo ist die Linie dazwischen? Wie erkenne ich sie? Jeder kann etwas ins Internet stellen. Jeder kann es lesen. Aber was ist mit dem Verstehen? Dem Einordnen von Meinungen. Vermeintlicher Fakten. Wenn nach dem Brexit gegoogelt wird. Was der Brexit eigentlich bedeutet. Wenn der Hofer/Aldi irgendwo in Österreich überfallen worden sein soll. Und das 10.000 Klicks erhält. Darauf ein Reporter dort anruft und nachfragt. Und sich herausstellt, dass da gar nichts dran war. Was dann nur noch 3000 Klicks bekommt. Meinungsmache. Mit unlauteren Mitteln. Doch wer kontrolliert die Medien? Wer hat etwas davon? Die Frage hinter allem. Macht. Geld. Einfluss. Immer das gleiche Spiel. Undurchsichtige Sache . . .

Kalle denkt:

Regeneration. Einfach mal nichts tun. Sich treiben lassen. Durch die Stadt schlendern ohne bestimmtes Ziel. Den situativen Bedürfnissen folgen. Ein Eis? Gekauft. Eine Banane? Geschält. Schlafen? Einfach nach Hause gehen und sich hinlegen. Den Kopf frei machen. Mal nichts denken. Ist schwierig. Inspiration suchen. Nicht gezwungen. Sondern offen. Sie könnte passieren. Und wenn nicht, ist auch nicht schlimm. Scheitern zulassen. Wo es eigentlich gar kein Scheitern gibt. Gedanken ordnen. Aufschreiben. Erlebnisse reflektieren. Darüber schmunzeln. Vielleicht auch den Kopf schütteln. Mal über sich selbst lachen. Was man alles so macht und tut. Wie wichtig man sich meistens nimmt. Dabei geht die Welt gar nicht unter, wenn man mal nicht erreichbar ist. Sich mal selbst fragen, wie es einem eigentlich geht. Und feststellen, dass jegliches Jammern auf hohem Niveau stattfindet. Vergleiche hinken meist. Aber wenn man bemerkt, dass es einem eigentlich ganz gut geht. Vor allem verglichen mit dem, wie es anderen geht. Dann könnte man mal dankbar sein. Meinetwegen einen Euro in einen Hut wandern lassen. Oder nur lächeln. Irgendeinen Menschen anlächeln. Warten, was passiert. Vielleicht lächelt er zurück? Die Menschen sehen schön aus, wenn sie lächeln. Eigentlich ausnahmslos. Und was für ein tolles Gefühl ist das, einen Anderen zum Lächeln gebracht zu haben? Das Lächeln wird weitergetragen. Weitergegeben. Und versüßt noch ganz vielen anderen den Tag. Zuckrige Sache . . .

Kalle denkt:

Hütte. Alm. Abgeschiedenheit. Auf 1800 Metern Höhe. Bergwasser aus dem Brunnen. Der als Kühlschrank dient. Plumpsklo. Solarstrom. Der nur für die drei Glühbirnen reicht. Immerhin. Speisekammer. In die die Maus nicht reinkommt. Alles sehr einfach. In der Natur. Mit der Natur. Wetter lesen. Spaziergänge. Klettertouren. Gipfel erklimmen. Höhenangst bekämpfen. Nicht nach unten schauen. Fröhlich den Abstieg angehen. Vorher im Gipfelbuch verewigen. Sonne. Wind. Kälte. Schnee im August. Eierschwammerl suchen. Nicht suchen, sondern finden. An die anderen Hütten verteilen. Walderdbeeren. Viel kleiner. Vom Geschmack viel intensiver. Blaubeeren. Andere Pilze. Was die Natur so hergibt. Holz hacken. Einheizen. Kochen mit Holzofen. Beim Kaffee etwas mit einem Gaskocher nachhelfen. Ausgiebig frühstücken. Ein bisschen Jause für den Weg. Und abends dann die Kalorien. Käsespätzle. Heimische Spezialitäten. Ohne Fleisch. Was man eben auf die Hütte mitgebracht hat. Speck dem Nachbarn abkaufen. Man grüßt sich hier oben. Hält ein kleines Schwätzchen. Das Murmeltier ruft. Warnt die anderen. Ganz schön laut. Kühe. Ziegen. Edelweiß. Jäger wohnen unter einem. Dusche als einzige Entbehrung des Alltags. Waschen muss auch gehen. Zusammen abspülen. Spielen. Kochen. Regenbogen. Natürliche Badewannen. Mit Wasserfällen. Frösche. Sternschnuppen. Ausklinken aus dem modernen Leben. Wirklicheres Leben. Urige Sache . . .

Kalle denkt:

Reich. Gibt es nicht ohne arm. Unweigerlich miteinander verbunden. Einer muss dafür bezahlen. Für die Zeche. Unseren Lebensstil. Was auch immer. Aber besser arm dran als Arm ab. Was macht ein Einarmiger in der Stadt? Und wie schwimmt er kraul? Der einarmige Bandit ist nicht nur halb so gefährlich. Man kann reich an Geld sein und trotzdem arm. Richie Rich. Auch nur ein kurzer Ruhm. Herr Culkin. Kann man sich mit Geld nur schwer kaufen. Vielleicht ein bisschen nachhelfen. Aber Ruhm gibt es nicht per Katalog. Vielleicht noch nicht. Manchmal. Unter der Dusche. Stelle ich mir vor. Wenn ich eine Million hätte. Was dann? Spenden. Sparen. Ausgeben. Verprassen. Bei dem Wort hat mich heute einer beim Schreiben angesprochen. Er hätte das gemacht. 300.000 als Erbe. Hätte ihm sein Vater geraten. Wäre cool gewesen. Trotzdem wäre es jetzt komisch, seine Brüder in ihren Häusern zu sehen und selbst nur in einer Gemeindewohnung zu hausen. Entscheidungen. Konsequenzen. Mir würden 100.000 schon langen. Um mich reich zu fühlen. Wahrscheinlich schon weniger. Also nur ein Gefühl? Wenn das mein Bankkonto wüsste. Und der Finanzberater. Den ich nicht habe. Es sollten mehr Gefühle in Finanzsachen im Spiel sein. Ein Kuss bei der Einzahlung. Ein Lächeln anstatt einer Mahnung. Und ein bisschen Fummeln beim Bausparvertrag. Kreditunwürdige Sache . . .

Kalle denkt:

Dinge. Die man im Leben getan haben sollte. Bucket list. Allgemeine. Niagara-Fälle sehen. In Paris frühstücken. Nach New York zum Einkaufen fahren. Persönliche. Vor Lachen weinen. Ins Fettnäpfchen treten. Eigene Spuren hinterlassen. Berühmt und berüchtigt werden. Oder auch lustige. Alle Namensvetter aus dem Telefonbuch anrufen. Eine Vollkasko-Versicherung abschließen und blind einparken. Einen Tag den Arbeitsplatz mit dem Partner tauschen. Eine Woche lang nur Rotes essen. Solche, die jeder hoffentlich schon mal gemacht hat. Unter freiem Himmel schlafen. Über seinen Schatten springen. Einen Luftsprung machen. Auf einer Wiese liegen und Wolkenbilder finden. Ein Gedicht schreiben. Aber auch welche, die man wohl nicht packen wird. Zur Titanic abtauchen. Alle Länder, die mit A beginnen, bereisen. Einen Stern verschenken. Die Welt auf einem Längenpfad umrunden. Waghalsige wie Bier auf Wein trinken. Einmal den freien Fall erleben. Einen Filmriss im Kino haben. Oder auch solche, die ich sofort angehen kann. Eine Probefahrt mit dem Traumwagen machen. Einem Fremden ein Lächeln schenken. Den Lieblingsfilm mitsprechen können. Einem Obdachlosen ein Frühstück kaufen. Barfuß durch den Regen laufen. Auf zwei Fingern pfeifen lernen. Oder mit allen Busnummern einer Großstadt in einer Richtung fahren. Jetzt gleich. Nicht erst dann, wenn es vermeintlich passt. Nicht hinauszögern. Rausgehen und tun. Spaßmachende Sache . . .

Kalle denkt:

Ferienende. Alltag ruft. Leider verdammt laut. Kann man nicht abschalten. Wieder früh aufstehen. Die Dinge, die man sich in neun Wochen mühsam angewöhnt hat, wieder loslassen. Ausschlafen. Frühstück ans Bett. Eigentlich eher Mittagessen. Den Tag im Nachtgewand verbringen. Oder gleich nackt. Jeder macht sein Ding. Bis das Abendessen alle wieder zusammentrommelt. Oder der Filmabend. Zwischendurch spielen. Relaxen. So entspannt sein, dass man sich freiwillig an das Klavier setzt, um zu üben. Der Versuch, sich mit jemandem zu verabreden. Sind irgendwie alle weg. Oder beschäftigt. Auch gut, dann kann ich so weitermachen. Wissen, dass man aufräumen müsste. Sehen, dass man aufräumen müsste. Ist aber noch genug Zeit. Bis zum Ferienende. Mist, doch schon da. Nun aber Gas geben. Zeug für die Schule kaufen. Sollen wir probeweise mal früh aufstehen? Ach, wird schon schief gehen. Einkaufen? Wir haben doch noch Nudeln mit Pesto. Das Allzweckmittel. Wo liegt mein Buch? Klar, neben dem Bett. Rasieren? Stört doch eh keinen. Die Kinder gesellen sich dazu. Gemeinsam lesen. Bis einer wegnickt. Oder doch was spielen will. Wer steht auf und holt es? Kannst du gleich was zu trinken mitbringen? Der Faulheit frönen. Sie perfektionieren. Irgendwann doch der Gedanke an den 1. Arbeitstag. Oder Schultag. Die ganzen Nasen wieder sehen. Erzählen. Zuhören. Gemeinsam lachen. Wieder was zu tun haben. In der 1. Woche ist noch alles easy. Doch irgendwo cool, dass es wieder losgeht. Vorfreudige Sache . . .

Kalle denkt:

9/11. New York. Twin Towers. Enya. Feuerwehrmänner. Weiß noch genau, was ich an diesem Tag gemacht habe. Geht wahrscheinlich fast jedem so. Beeindruckende Bilder. Auf allen Kanälen. Hab sie aufgesaugt. Musste es mir immer wieder ansehen. Wie die Flugzeuge da reindonnern. Und wie die Türme schließlich einstürzen. Hollywood im Big Apple. Verschwörungstheorien. Sah nach Sprengung aus. Normalerweise sind um diese Uhrzeit mehr Leute drin. So hohe Gradzahlen könnte Kerosin gar nicht erreichen, um den Stahl im Inneren zum Schmelzen zu bringen. So genau könnte man Flugzeuge da gar nicht reinfliegen. Undundund. War der Beginn für den Krieg gegen den Terror. Heißt seit Obama „beharrliche Anstrengungen gegen Netzwerke von Extremisten". Hat weit über eine Million Menschen getötet bislang. Und wir kriegen immer noch. Die Konsequenzen beschäftigen uns mehr denn je. Blöde Idee, Krieg zu führen. Hinterlässt Opfer. Zerstörung. Elend. Leid. Und Flüchtende. Ist irgendwie die gleiche Ebene. Gerechtfertigter Terror. Deshalb nicht wirklich besser. Ich war mal oben. Im World Trade Center. Bei der Schach-WM. 1995. Kasparow gegen Annand. In einem schalldichten Glaskubus. Am ersten Tag Remis. Ich habe sie nicht ziehen gesehen. Also noch einmal am nächsten Tag hin. Sie betraten den Raum. Und sind sofort wieder rausgegangen. Man hatte beim Aufstellen Dame und König vertauscht. Bei der Schach-WM. Peinliche Sache . . .

Kalle denkt:

Wiedersehen. Nach einiger Zeit. Anschauen. Ausschau nach Veränderung halten. Unangebrachter Kommentar I: Gibt es hier noch immer keinen Friseur? Unangebrachter Kommentar II: Du hast aber ganz schön zugenommen! Kein Lächeln dabei. Das war ernst gemeint. Ernsthaft? Auf den neuesten Stand bringen. Ausreden lassen. Kommunikation entstehen lassen. Aufeinander eingehen. Interesse zeigen. Nachfragen. Die Geschichten zu Ende hören. Nicht unterbrechen. Die Freude, sich wiederzusehen, spüren. Manchmal ist es so, als ob die Zeit dazwischen gar nicht passiert wäre. Als ob man sofort an dem Punkt anknüpfen kann, an dem man sich zuletzt gesehen hat. Manchmal muss man sich wieder annähern. Vorsichtig sein. Wohlbedacht. Und manchmal geht es einfach nicht. Die eine Welt hat sich weiter gedreht. Die andere scheinbar nicht. Der Versuch des Aufholens. Aber es soll nicht sein. Es ist mehr befremdlich denn freundschaftlich. Früher war es doch so schön! Das kann es doch noch nicht gewesen sein! Loslassen. Zeit geben. Bis zu einer nächsten Chance. Oder thematisieren. Ansprechen. Um es noch einmal zu probieren. Um dem, was war, zu huldigen. Aber manchmal war es eben. Es ist gut, dass es war. Es war gut, wie es war. Es hatte etwas. Hat damals befriedigt. Und manchmal ist es auch gut, dass es vorbei ist. Endpunkt. Erleichterung. Neubeginn. Geht die eine Tür zu, öffnet sich eine andere. Man muss die Tür aber nicht abschließen. Könnte trotzdem miteinander umgehen. Respektvolle Sache . . .

Kalle denkt:

Gerüche.
Schweben vorbei, wenn Menschen an mir vorüberziehen. Düfte. Schweiss. Deo. Rasierwasser. Duftbaum im Auto. Der Geruch von Sex. Der auch noch Stunden später in der Luft liegt. Im Bettlaken. Oder in der Nase. Das Parfum. Abgefahrenes Buch. Wenn man es nicht in der Schule lesen musste. Lesen müssen nimmt einem den Spass an Literatur. Aber freiwillig ist toll. Bin damals durch die Gegend gestiefelt. Und habe gerochen. Überall. Immer. An allem. Ist sonst ja nicht unbedingt das bevorzugte Sinnesorgan. Schade eigentlich. Habe die Welt mit einer anderen Nase gesehen. Ansonsten wenig Gerüche, an die ich mich erinnern kann. Als ich nach Jahren wieder in meinem alten Kindergarten war. Hat nach früher gerochen. Nach spielen. Bauklotzen. Meiner Bande. Mit einem Atemzug wieder Kind. Alte Menschen riechen nach Oma. Oder Opa. Der Geruch der Geschichte. Patina. Mottenkugeln. Beim Handkuss küsst man ja eigentlich gar nicht. Sondern schnüffelt. Essen riecht. Duftet. Geröstete Zwiebeln. Gewürze. Obst. Aber nur, wenn es etwas reifer ist. Bananengeruch ist doof. Seinerzeit bei meiner Arbeit mit obdachlosen. Notunterkunft. Auch ein ganz eigener Geruch. Steckte in den Klamotten. In der Tapete. In allen Räumen. Menschen riechen eben. Jedem sein individueller Duft. Der Duft der Frauen. Können Männer auch. Nach dem Sport. Füsse. Lecker. Aber auch so. Wenn frau schwanger ist, riecht frau anders. Ich kann Dich riechen. Und das ist etwas Schönes. Smells like teen spirit.

Dufte Sache...

Kalle denkt:
Ergebnis. Manchmal gibt es keins. Stundenlange Diskussionen. Sitzungen ohne Ende. Und kein Ergebnis. Der Weg ist das Ziel. Trotzdem frustrierend. Trotzdem hat es etwas gebracht. Austausch. Den Anderen besser verstehen. Lernen. Sich selbst kennenlernen. Ein Prozess. Ist nötig. Manche schreiten gleich zur Abstimmung. Gewohntes Verfahren. Schnelle Lösung. Wie wäre es mit guter Lösung? Mit bestmöglicher Lösung? Die braucht Zeit. Argumente. Abwägen. Auch ein wenig Taktik. Geduld. Diplomatie. Geben und nehmen. Konsens. Friedensverhandlungen. Brauchen vielleicht am längsten. Weil man für den Frieden etwas haben will. Weil Frieden ein kostbares Gut ist. Und weil vielleicht gar nicht die verhandeln, die tatsächlich involviert sind. Ein Familienvater in Aleppo würde die Verhandlungen schneller voranbringen. Beenden wollen. Hätte vielleicht auch schlagkräftigere Argumente. Aber wird er gehört? Anzugmenschen verhandeln. In einer entsprechenden Sprache. Sondierung. Schlichtung. Mediation. Würde der Familienvater wahrscheinlich nicht verstehen. Aber wird er verstanden? Menschen, die über den Frieden diskutieren und entscheiden, sind meist nicht an der Front. Nie gewesen. Krieg in der Sicherheit. Da lassen sich leicht Entscheidungen treffen. Kollateralschäden. Sprachblasen. Humankapital. Dann vielleicht eine Waffenruhe. Nur die Ruhe vor dem nächsten Sturm. Politische Sache . . .

KALLE denkt:

SPRACHE. Leichte. Wiegt genauso viel wie **schwere**.
Soll aber leichter verständlich sein. Barrierefrei.
Vor allem für spezielle ZIEL gruppen. Menschen
mit Leseschwäche. Aber auch Kinder. Oder
Menschen mit einer anderen Muttersprache.
Wobei sich das auch die Einfache Sprache
auf die Fahne geschrieben hat. Unterschiedliche
Regeln. Kurze Sätze. Kann ich. Jeder Satz enthält
nur 1 Aussage. Wird schon schwieriger. Aber
passt auch. Es werden Aktivsätze eingesetzt. HM.
1 Satz besteht aus den Gliedern

(Subjekt)(Prädikat)(Objekt). OHJE.

Konjunktiv wird vermieden. MIST. Der Genitiv wird
mit der präpositionalen Fügung „von" ersetzt.
Wird er EH im Sprachgebrauch. Von vielen.
Der Dativ ist dem Genitiv sein TOD.

Keine Abkürzungen. Keine Fremdwörter ohne Erklärung. Da bin ich schon fast raus. & schließlich keine Ironie & auch keine bildhafte Sprache. Dann eben ohne mich! Ist aber grundsätzlich mal cool, es zu probieren. Ist sonschwierig. Auch wenn es einfach sein soll. Faszinierende Statistik. 80% der öffentlichen Sprache funktioniert auf dem Level ^{B2}. Gebrauchsanweisung. Zeitung. Behördenblätter. Nachrichten. Verträge. Gesetze. Aber der Großteil der Bevölkerung bewegt sich auf den Levels $_{A1, A2 \& B1}$. Versteht den Firlefanz also nicht. Wenn 2 Beschreibungen ausliegen, wird 3x häufiger zu der mit Leichter Sprache gegriffen. So kann man Menschen auch von Teilhabe ausschließen. Nur dumm, dass AFD oder FPÖ einfache Sprache benutzen.   Fiese Sache...

Kalle denkt:

Herbst. Bunte Blätter. Ständiges Jacke an- und ausziehen. Irgendwie noch nicht kalt. Aber auch nicht mehr warm. Kein Übergang mehr. Was passiert mit der Herbstkollektion? Modemacher sind ratlos. Man freut sich über jeden Sonnenstrahl. Kastanien. Um daraus lustige Figuren zu basteln. Die Renaissance der Streichhölzer. Erntedank. Kürbisse. Aushöhlen macht Spaß. Aber man muss dauernd Suppe essen. Kürbiskernöl. Steirische Spezialität. Gibt es dort sogar als Eis. Aber im Sommer. Halloween. Verkleiden. Gruselig. Derzeit treiben Horror-Clowns ihr Unwesen. Erschrecken Kinder. Ich fand diese roten Nasen schon immer komisch. Nicht im Sinne von lustig. Alkoholiker haben auch rote Nasen. Oder blaue. Zumindest aufgequollene. Setzt sich langsam auch hierzulande durch. Ein buntes Treiben vor allem in Wohnsiedlungen. Mit vielen Kindern. Draußen treffen. Glühwein trinken. Was draus machen. Und man wird die ganzen alten Süßigkeiten los. Reformationstag. Der gute Martin Luther. Ohne König. Dafür mit Anschlägen. Die waren früher auch anders. Aber dennoch durchschlagend. Haben Religionen gespalten. Die einen dürfen heiraten. Die anderen haben junge Knaben. Das war jetzt böse. Allerheiligen. Und zwar wirklich aller. Wird gedacht. Auch die, die gar nicht heilig gesprochen wurden. Kommt ja vielleicht noch. Meine Oma hat immer „Heiligs Blechle" gesagt. Und schließlich noch St. Martin. Dann haben wir aber genug gefeiert. Bliebe noch Rilke. Lyrische Sache . . .

Kalle denkt:

Ausstellung. Meist wird gar nichts gestellt. Eher gehängt. Dargeboten. Präsentiert. Das Ergebnis eines Schaffensprozesses. Als ob man es einem solchen Exponat ansehen könnte. Wie viel Schweiß vergossen wurde. Wie viele Gedanken gewälzt wurden. Wie oft ein Entwurf verworfen wurde. Das Hirn zermartert wurde. Gehadert wurde. Kurzum die ganze künstlerische Arbeit. Mein Vadder hat immer gesagt: Das kann ich auch! Inbrünstig. Und auch etwas verachtend. Doch darauf kommt es nicht an. Sondern dass man es macht. Dass man dem Ganzen Bedeutung beimisst. Es in einen größeren Zusammenhang einbettet. Dass es gefällt. Oder politisch ist. Oder ein Statement beinhaltet. Zum Denken anregt. Und am besten alles zusammen. Wahre Kunst vs. Ware Kunst. Wann ist Kunst Kunst? Wann ist der Mann ein Mann? Beides schwierig zu beantworten. Gehören immer zwei dazu. Einer der ist. Und einer, der bewertet. Und im Falle der Kunst auch noch bezahlt. Denn die Hand im Mund schmeckt nicht. Und warten, bis man tot ist, macht auch keinen Spaß. Den Tod vortäuschen? Ganz schlechte Publicity. Dann doch lieber den harten Weg auf sich nehmen. Durch die Galerien. Sich anbieten. Manchmal auch anbiedern. Ausstellen was das Zeug hält. Erst im Kleinen. Dann immer internationaler denken. Kunstmessen. Und irgendwann der große Wurf. I have a dream. Und schließlich „Yes, we can!". Zuversichtliche Sache . . .

Kalle denkt:

Jammern. Auf hohem Niveau. Hierzulande. Dennoch ernst zu nehmen. Sind eben unsere Probleme. Wir haben hier halt keinen Krieg. Jedenfalls keinen mit Waffen. Ich kann auch nix dafür, dass ich hier geboren wurde. Hab mir meine Eltern nicht ausgesucht. Im Jammern ist kein Wunsch nach Veränderung enthalten. Ein Begleitrauschen der bestehenden Verhältnisse. Gehört werden. Gesehen werden. Ein bisschen bemitleidet werden. Und Schuld sind immer die Anderen. Schuld ist ein krasses Wort. Ist derjenige, der es absichtlich getan hat. Sich dafür entschieden hat. Und gegen eine Wertvorstellung verstößt. Und das beobachten wir ziemlich genau. Verfehlungen Anderer. Ein gefundenes Fressen. Mit Fingern draufzeigen. Anstatt sich mal an der eigenen Nase zu fassen. Vor der eigenen Tür zu kehren. Und nicht im Glashaus sitzend mit Steinen zu werfen. Klar sind die Politiker am meisten Schuld. Die wirtschaften doch nur in die eigene Tasche. Stereotype. Bilder. Vorurteile. Aber wenn nicht der Politiker, dann ist auf jeden Fall jemand Anderes schuld! Am Stress. Der Überlastung. Der Krankheit. Meistens Chefs. Kollegen. Der Partner. Oder letztlich das Wetter. Wie wäre es mal mit etwas mehr Demut? Zufriedenheit. Mit dem, was wir haben. Ist nämlich ganz schön viel. Weitaus mehr als so mancher auf dieser Welt. Und auch wenn Jammern vielleicht besser ist als jedem zu erzählen, dass es einem gut geht. Vor allem, wenn dem gar nicht so ist. Könnten wir ab und an überprüfen, ob wir an dem Gegenstand des Jammerns etwas verändern wollen. Und ob wir dafür nicht vielleicht selbst was beitragen könnten. Verantwortliche Sache . . .

Kalle denkt:

Eigentlich. Müsste ich über Trump erzählen. Doch wurde sich darüber nicht bereits genug entrüstet? Genug schockiert? Die Rede nach der Wahl war schon gemäßigt. Und der kann ja nicht alles alleine entscheiden. Eigentlich ist er gewählt. Demokratisch. Was bringen Demonstrationen jetzt noch? Eigentlich müssten wir vor unserer eigenen Tür kehren. Da gibt es genug aufzuräumen. Eigentlich müssten wir alle Vegetarier werden. Meinetwegen Veganer. Oder anders mit den Tieren umgehen. Sind Lebewesen. Eigentlich dürften wir nicht zu McDonald's gehen. Macht nicht satt. Kostet viel. Ich sage nur „Super size me". Eigentlich müsste ich aufhören zu auchen. Geht ins Geld. Geht auf die Gesundheit. Andere rauchen mit. Eigentlich sollte ich keinen Alkohol trinken. Oder nicht so viel. Aber ein Gläschen in Ehren kann niemand verwehren. Eigentlich müsste ich mehr Sport treiben. Aber die Couch ist so bequem. Eigentlich darf man gar nicht mehr ins Stadion gehen. Und die Unsummen, die dort verbraten werden, unterstützen. Eigentlich sollte ich die Treppe anstelle des Aufzugs nehmen. Eigentlich sollte ich innerhalb Deutschlands nicht Fliegen. Eigentlich überhaupt nicht mehr Fliegen. Ökologischer Fußabdruck. Eigentlich sollte ich mich mal wieder melden. Aber ich hab doch so viel zu tun. Eigentlich darf ich keine Produkte von Nestlé kaufen. Eigentlich nicht bei Rot über die Straße gehen. Eigentlich ist der Mensch vernunftbegabt. Aber eben dann doch nur begabt. Kopfschüttelnde Sache . . .

Kalle denkt:

Moment. Jetzt. Hier. Perfekt. Genießen. Konservieren. Soll am besten niemals enden. Diese Stimmung. Im Herz behalten. Im Kopf behalten. Und wenn es einem schlecht geht wieder hervorholen. Kann man nicht kreieren. Passiert einfach. Jemand spaziert die Straße entlang. Jemand lächelt dich an. Blickkontakt. Und irgendetwas darin verrät dir, dass das gerade etwas Besonderes war. Geht auch ohne Menschen. Wenn man etwas geschafft hat. Ein Ziel erreicht hat. Die tiefe Genugtuung, dass es vorbei ist. Und dass sich alles gelohnt hat. Dass die Mühen dafür in Ordnung waren. Vielleicht ein bisschen Leere. Aber viel Freude. Zufriedenheit. Oder ein Moment im Konzert. Zusammenspiel von Musik. Licht. Vielleicht noch den richtigen Menschen drumherum. Vielleicht ein wenig sonstige Stimulanz. Aber dieses Gefühl, als würde man über der Welt schweben. Dahingleiten. Und alles andere ist egal. Zumindest für diesen Moment. Weil man weiß, dass es nur ein Moment ist. Länger wäre bestimmt schön. Immer wäre fad. Dann würde man den Moment nicht mehr schätzen. Große und kleine Momente. Im Alltag. Ein Buch. Ein leckeres Essen. Entspannen auf der Couch. Und kein Gefühl, dass das gerade sinnlos ist. Dass man gerade nichts tut. Und sich dafür schämen müsste. Nein, es ist gerade genau richtig, hier zu liegen. Sich diese Serie reinzuziehen. Und wenn einem danach wäre, auch noch die nächste Folge. Wertvolle Sache . . .

Kalle denkt:

Schwierige. Jugendliche. Oder Kinder. Gibt es. Fragt mal Lehrer. Trainer. Sozialfuzzies. Werden aber nicht schwierig geboren. Bevor ein Kind Probleme macht, hat es welche. Sozialisation. Elternhaus. Erfahrungen. Lernen durch Imitation. Tragen ihr Bündel mit sich herum. Wie wir alle. Wissen aber noch nicht, damit umzugehen. Hinzu kommt Leichtsinn. Ausprobieren. Grenzen testen. Wir waren früher nicht so schlimm. Oder? Jede Generation erhöht sich über diejenigen, die folgen. Gibt einen Text von Sokrates. 2500 Jahre alt. Beschreibt die Jugend. Könnte auch von heute sein. Früher war nicht alles besser. Maximal anders. Aber eben – früher. Als die Gummistiefel noch aus Holz waren. Wahrnehmung. Aber nur eine andere Generation. Mit anderen Mechanismen. Schwerpunkten. Interessen. Möglichkeiten. Technik. Die Alten haben sich ja auch geändert. Agiler. Irgendwie jünger. Länger fit. Leben länger. Bild vom Mann hat sich geändert. Rolle der Frau hat sich geändert. Insgesamt viel Veränderung. Innovation. Da muss man erst einmal mitkommen. Am Puls der Zeit. Nicht abgehängt werden. Muss aber nicht jedem Trend hinterherlaufen. Nicht jedes neue IPhone kaufen. Zumindest nicht sofort. Verlangt uns Entscheidungen ab. Täglich. Versuchungen. Konsumgesellschaft. Essen ist Einkaufsstadt. Nur ohne Kohle. In doppelter Hinsicht. Geräte werden so gebaut, dass sie nicht mehr lange halten. Clever. Aber nicht nachhaltig. Ressourcen-verschwendend. Und es muss sich noch so viel ändern. Hoffentliche Sache . . .

Kalle denkt:

Wiedersehen. Zug kommt an. Während der Fahrt Gedanken. Über das, was gewesen. Über das, was kommen wird. Und über das, was cool wäre, wenn es käme. Ein wenig Verweilen in der Utopie. Wäre auf Dauer auch langweilig. Gibt aber so Ziele vor. Der Weg ist das Ziel. Dieser Weg endet im Bahnhof. Vorher Film. Ein bisschen Schreiben. Arbeiten. Leute beobachten. Im Bord-Restaurant funktioniert mal wieder kaum etwas. Kinder, die herumlaufen. Angespannte Eltern hektiken hinterher. Handy-Gespräche mit Informationen, die man eigentlich nicht braucht. Immerhin weiß man jetzt Bescheid, wie der Tag für diese Frau weitergehen wird. Viele sind vertieft. In Handy oder Laptop. Wenige in Gespräche. Ansage. In wenigen Minuten erreichen wir. Und in schlechtem Englisch. Ein „th" zum Brüllen. Packen. Haben Sie auch nichts vergessen? Warum stehen so viele schon so früh auf? Das gleiche Phänomen wie wenn der Flug aufgerufen wird. Abrupte Schlangenbildung. Dabei ist noch so viel Zeit. Mantel an. Haube auf. Gepäck geschnappt. Bahnsteig. Schauen nach rechts. Nach links. Über alle anderen Köpfe hinweg. Augenpaare treffen sich. Man erkennt sich noch. So lange war das ja auch gar nicht. Lächeln. Schnellerer Gang. Kinder stürmen auf einen zu. Arme werden entgegengestreckt. Umarmung. Angemessen lange. Küsschen rechts und links. Andere huschen vorbei. Wie war die Fahrt? Gepäckstücke werden aufgeteilt. Langsam in Richtung Ausgang. Vertrauter Bahnhof. Vertraute Menschen. Vertrauter Austausch. Heimatliche Sache . . .

Kalle denkt:

Mobbing. Heißt im Englischen Bullying. Spaßig, dass wir uns im deutschsprachigen Raum Begriffe geben, die Englisch klingen. Es aber nicht sind. Handy. Würde in Frankreich niemals passieren. Hänseln. Sekkieren. Beschimpfen. Verbal. Psychisch. Emotional. Gibt keine klare Definition. Eine Bemerkung ist aber noch kein Mobbing. Erst über einen längeren Zeitraum. Systematisch. Fängt meist belanglos an. Täter checkt mit einem Spruch, ob man es mit dem machen kann. Mit der. Falls sie sich nicht wehrt, dann geht es los. Eigene Überhöhung aufgrund der Erniedrigung eines Anderen. Wenn ich keine positive Rückmeldung bekomme, hole ich sie mir eben so. Wie es dem Opfer ergeht, ist Wurscht. Schlimmer noch Cybermobbing. Das Internet vergisst nix. Man kann zwar was löschen lassen. Aber meist nur mit Androhung eines Anwalts. Und was ist in der Zwischenzeit passiert? Die Hälfte der Täter gibt an, aus Langeweile gehandelt zu haben. Da gab es noch nicht einmal einen Konflikt. Einfach so. Und weil man es kann. 80 % passiert in den sozialen Netzwerken. Niemand weiß, dass dort die gleichen Gesetze wie im reellen Leben gelten. Niemand zeigt an. Aus Angst, es könnte noch schlimmer kommen. Niemand sagt was. Aus Angst, es könnte einen selbst treffen. Opfer gehen. Wechseln die Schule. Den Arbeitsplatz. Täter bleiben. Machen weiter. Weil der Nährboden dafür da ist. Weil es oft ein Gegeneinander statt einem Miteinander ist. Vergiftete Sache . . .

Kalle denkt:

Krank. So richtig. Ausgeknockt. Bronchitis. Oder vielleicht doch eine Lungenentzündung? Körper holt sich Erholung. Viren. Bazillen. Keine linken. Maximal linkische. Fieber. Der Körper bündelt seine Energie. Kämpft. Leichtes, mäßiges, hohes, sehr hohes Fieber. Und dann der Tod. Weil ab 42,6° Celsius das Eiweiß in den Zellen gerinnt. Bei uns Männern steht der Tod bei jeder Krankheit unmittelbar bevor. Sagt man. Auch Kranksein will gelernt sein. Hausmittelchen. Wadenwickel. Thermometer. Aspirin. Paracetamol. Und die Mama. Umsorgt werden. Sich in guten Händen fühlen. Tee angereicht bekommen. Man weiß, dass es gut gemeint ist. Schmeckt trotzdem nicht. Griesbrei. Auch wenn man Milch eigentlich meiden sollte. Schleimbildung. Taschentücher. Fieberwahn. Fast wie Drogen. Die ganze Nacht nicht schlafen. Und es probieren. Sich fragen, wie man denn eigentlich sonst schläft. Selbstverständlichkeiten hinterfragen. Krasses Kopfkino. Unruhig. Hin- und herwälzen. Aufstehen. Trockener Mund. Was trinken. Schlucken fällt schwer. Husten. Ausspucken. Abstützen. Der da im Spiegel sieht ganz schön Scheiße aus. Fernsehen. Liegen. Gezwungenes Ausklinken. Ab und an der Versuch, auch etwas Konkstruktives zu tun. Angst vor der nächsten Nacht. Und alles natürlich am Wochenende. Arzt kommt. Dass es sowas noch gibt. Verschiebt alles. Momentane Wichtigkeit. Das Erscheinen eines Textes. Erst einmal gesund werden. Gesundheit ist faszinierend, man denkt immer erst an sie, wenn sie nicht mehr da ist. Präventive Sache . . .

Kalle denkt:

Tagebuch. Chronik des Lebens. Jeden Tag. Kopf frei bekommen. Platz schaffen für neue Eindrücke. Abspeichern des Gewesenen. Leben dokumentiert. Für wen? Die Nachwelt? Oder nur für einen selbst? Als Teenager noch ein Heiligtum. Versteckt. Mit einem Schloss versehen. So leicht zu knacken. Darf niemand lesen. Intime Gedanken. Persönlich. Wobei persönlich immer mehr aufgegeben wird. Blog. Teilen mit Anderen. Facebook reflektiert mein Jahr. Ungefragt. Als Vorschlag. Ergötzen an der eigenen Vergangenheit. Irgendwie bauchpinselt das einen. Scheint wichtig zu sein. Könnten aber auch einfach nur Erinnerungen sein. Viele davon auf Photo gebannt. Festgehaltenes Leben. Bei Ereignissen werden sofort die Kameras gezückt. Das Konzert durch einen Bildschirm betrachtet. Anstatt den Moment zu genießen. Posen. Kommentieren. Posten. Man will die Follower nicht enttäuschen. Inszenierungen. Die Lombardis. Wie egal sind die mir? Und dennoch werde ich dauernd über sie informiert. Lese etwas darüber. Schreibe sogar darüber. Was ist noch wirkliches Leben? Wie kann ich das unterscheiden? Gescriptete Realität. Virtuelle Realität. Real ist, was ich anfassen kann. Einmal hin, alles drin. Soviel, in dem man sich verlieren kann. Greg. Anne Frank. Geschichte. Und irgendwann mal meine Zeilen? Etwas Überdauerndes schaffen? Was an mich erinnern wird. Wenn ich mal nicht mehr sein werde. Konservierende Sache . . .

Kalle denkt:

Weihnachtsfrieden. Im Ersten Weltkrieg. Von der Befehlsebene nicht autorisierte Waffenruhe. Hauptsächlich an der Westfront. Flandern. Zwischen Mesen und Nieuwkapelle. Zwischen Deutschen und Briten. Mehr kollektive Erinnerung. Romantisch verklärt. Der letzte Überlebende starb 2005. Viele kleine Gesten. Austausch von Tabak und Alkohol. Bier und Schokoladenkuchen wurden hergeschenkt. Beerdigung der Toten. Fußballspiele. Gemeinsames Kartenspielen. Miteinander reden. Gemeinsamer Gottesdienst. Mit Psalm 23. Der Herr sei mein Hirte. Päckchen des Königs für die Briten. Schoko, Scones, Zigaretten, Tabak und eine Grußkarte der Prinzessin. Miniaturweihnachtsbäume und anderes für die Deutschen. Weihnachtslieder singen. Applaus vom Gegner. Auch viele Offiziere. Keine Konsequenzen. Aber auch kaum Dokumentation. Und Erwähnung eigentlich nur in der britischen Presse. Man stelle sich das in Aleppo vor. Alle könnten mal Durchschnaufen. Auch wenn wenig Christen. Pause täte allen gut. Besinnlichkeit. Da steckt Sinn drin. Sinn sehen. Sinn geben. Mit Sinnen die Situation mal betrachten. Und nicht wie von Sinnen draufballern. Eine Stadt kaputten. Menschen einschnüren. Nicht rauslassen. Wahnsinn, dass dort überhaupt noch welche sind. Aber ist halt Heimat. Und was würde sie denn woanders erwarten? Keinesfalls offene Arme. Dann doch lieber die Heimat verteidigen. Und hoffen. Auf Einsicht. Nach der Besinnlichkeit. Zuletztsterbende Sache . . .

Kalle denkt:

2017. Beginnt und endet an einem Sonntag. 365 Tage. 8.760 Stunden. 525.600 Minuten. 31.536.000 Sekunden. So viel kann man sagen. Es wird ein Jahr werden. Einführung von Trump und van der Bellen. Beides so noch nicht dagewesen. Und eindeutig oder gar einstimmig ist etwas anderes. Bundespräsidentenwahl in Deutschland. Weniger aufgeregt. Weniger bedeutsam. Dem Amt angemessen. Wahlen in den Niederlanden, Frankreich, Deutschland und Norwegen. Was wird aus Rechts? Können die Populisten sich durchsetzen? Oder hat die Vernunft auch etwas zu melden? 500. Jahrestag des Anschlags der 95 Thesen durch Martin Luther. Anschläge wird es einige geben. In Afghanistan, Israel, Syrien, der Türkei. Und bestimmt auch wieder in Europa. Der 300. Geburtstag von Maria Theresia, Erzherzogin von Österreich, Königin von Ungarn und Böhmen. 16 Nachkommen, darunter auch Marie Antoinette. Eigene Fußballmannschaft inklusive Auswechselspieler. Der 50. Todestag des West-Berliner Studenten Benno Ohnesorg. Nährboden der RAF. Die Öffnung der unter Verschluss gehaltenen Akten zur Ermordung des US-Präsidenten John F. Kennedy. Alles irgendwie auf dünnem Eis gebaut. Demokratie. Frieden. Gleichgewicht in der Welt. Krisen werden uns begleiten. Medial aufgebauscht. Umschiffen bzw. umfahren ist zu wenig. Aber nicht nur. Sondern auch Helden. Große und kleine. Vielleicht sogar wir selbst. Herausfordernde Sache . . .

Kalle denkt:
Gewalt. Häusliche. Seelische. Psychische. Staatliche. Sportliche. Ist keine Lösung. Niemals. Erzeugt Gegengewalt. Negative Gefühle. Und das ist noch wohlwollend umschrieben. Die Wahrscheinlichkeit, in der Erziehung selbst Gewalt anzuwenden. Steigt. Je mehr eigene Gewalterfahrung vorhanden ist. Muster. Lernen durch Imitation. Ist verdammt schwer, wieder aus dem Kopf zu bekommen. Durch alternative Möglichkeiten zu ersetzen. Die dauern meist länger. Reden. Verständnis. Zuhören. Muss auch geübt werden. Geduld. Strategien. Ausprobieren. Erfolg nicht garantiert. Spirale. Schlägst Du mich, hol ich meinen Bruder. Holst Du Deine Brüder. Dann kommt meine Famile. Faust, Messer, Knarre und mehr. Ausleben von Aggression. Rauslassen von Wut. Parallelwelt Knast. Was lerne ich da? Ich darf nicht in der Hierarchie unten sein. Und von Anderen, wie man es nicht macht. Bildungsanstalt für Verbrecher. Gewalt ist da. In uns. In Filmen. Krimis. Dauernd irgendwelche Morde, die aufgeklärt werden. Videospiele. Es gibt keinen bewiesenen Zusammenhang zwischen Amokläufen und Videospielen. Aber einen zwischen an Waffen herankommen und sie dann auch benutzen. Siehe Amiland. 100 % aller Attentäter essen Brot. Brot deshalb verbieten? Kugeln töten Menschen. Und derjenige, der abgedrückt hat. Soll man einen Mörder umbringen? Giftspritze. Gleiche Ebene. Auge um Auge. Alttestamentarische Sache . . .

Kalle denkt:

Schnee. Jedes Jahr wieder überraschend. Wenn er dann doch da ist. Man weiß es halt nie. Ob er kommt. Wann er kommt. Weihnachten ist klar. Festes Datum. Aber Schnee? Chaos bricht aus. Rutschpartien. Verzückt auf Pfützen herumtrampeln. Ebenso verzückt noch ein paar Luftblasen unter der Eisschicht entdecken. Weitertrampeln und die Luftblasen bewegen. Handschuhe anziehen. Die richtigen. Diejenigen, mit denen die Schneebälle gelingen. Auf jeden Fall mit Fingern. Schneemann. Schneefrau. Bio-Karotte. Rodeln. Auf der Suche nach der richtigen Piste. Mit dem angemessenen Schwierigkeitsgrad. Anständige Beschleunigung. Und ausreichend Ausfahrt am Schluss. In Wien gibt es extra Rodelstraßen. Straßenzüge, die bei ausreichender Schneelage für den Straßenverkehr gesperrt werden. Mindestens 10 cm. Aufeinander, nicht nebeneinander. Seit 1950. Schwenkgasse. Sollte geschlossen werden. Wegen der Haftungsfrage. Ehrlich? Wer nicht Rodeln kann, soll zu Hause bleiben. Oder es lernen. Alstereisvergnügen in Hamburg. Ab einer Eisdicke von 20 cm. Immer diese Zahlen. Die Sicherheit vermitteln sollen. Buden, Glühwein. Punsch. Schlittschuhlaufen. Eisstockschießen. Eisregen. Faszinierend, wenn eine Seifenblase gefriert. Schneeengel. Gelber Schnee. Den nicht essen. Aber Schneeflocken mit dem Mund auffangen. Und eine ordentliche Schneeballschlacht. Treffen und getroffen werden. Durchnässt, angefroren und glücklich nach Hause. Handtuchrubbelnde Sache . . .

Kalle denkt:

Mensch. Wesen, das auf der Welt herumwandelt. Mal frei von Rollen gedacht. Frei von Kategorien. Keine Herkunft. Nicht Deutscher, Österreicher, Syrer, Euopäer, Asiate oder sonstwas. Einfach nur Mensch. Keine Hautfarbe. Weder schwarz noch weiß noch braun, rot, gelb. Noch sonstwas. Nur Mensch. Kein Geschlecht. Weder Mann. Noch Frau. Oder irgendetwas dazwischen. Oder etwas darüber hinaus. Nur Mensch. Frei von sexueller Ausrichtung. Also egal ob homo, bi, poly, hetero, a, inter oder sonstwie sexuell. Mensch. Ohne Alter. Weder jung, alt, Teen, Twen, Baby noch Greis. Mensch. Ohne Beruf. Kein Banker, Anwalt, Lehrer, Bäcker, Kontrolleur, Polizist, Arzt, Psychologe, Pädagoge, Priester oder Bettler. Wenn das überhaupt als Beruf durchgeht. Nix davon. Einfach nur Mensch. Nicht behindert. Maximal mit Assistenzbedarf. Ohne politische Ausrichtung. Weder CDU, CSU, ÖVP, Grüne, SPD, SPÖ, AfD, FPÖ, FDP, Neos noch Biertrinker-Partei noch sonstwas. Nur Mensch. Keine Auskunft über die Kaufkraft. Kein arm. Reich. Oder die Abstufungen dazwischen. Keine Auskunft über den Bildungsgrad. Wurscht ob Akademiker, Hauptschule, Realschule, Volksschule, Fahrschule oder Baumschule. Alle können gleich krank werden. Keine Auskunft über die Fitness. Den Körperbau. Die Haarfarbe. Augenfarbe. Die Religion. Ohne Einordnung in ein Familiensystem. Ein Gesellschaftssystem. Wenn wir alle unsere Schubladen im Schrank lassen. Bei den Tassen. Dann ist der Mensch neben mir genauso wie ich. Einfach nur Mensch. Imhinterkopfbehaltende Sache . . .

Kalle denkt:

Kindergeburtstag. Einladung. Lächeln beim Einladung erhalten. Später stolz der Familie präsentieren. Ohne sie gelesen zu haben. Ab jetzt ist es Job der Eltern. Anrufen. Zusagen. Fragen, was sich das Kind denn wünscht. Das dann kaufen. Aber verzieren muss die Eingeladene. Mit Süßigkeiten. Was draufmalen. Hinfahren. Ab dann Job des Kindes. Schuhe aus. Geschenk überreichen. Die häufen sich in einer Ecke. Topfschlagen. Stopptanzen. Reise nach Jerusalem. Sesseltanz. Der erste, der rausfliegt, hat es am doofsten. Schokoladenessen. Eine Riesenhektik bricht aus. Aufgedreht sein. Danach Kuchen. Wieder etwas runterbringen. Obwohl, der Zucker. Geschenke überreichen. Vergessen, von wem was war. Apfel schnappen. Blinde Kuh. Pinata. Soviel zu tun. Luftschlangen. Konfetti. Riesensauerei. Hütchen auf. Wer mag wen. Wer ärgert wen. Wer spielt mit wem. Und dann bist Du nicht mehr mein Freund. Wo ist das Klo? Wo ist mein Becher mit was zu trinken? Gibt es auch Cola? Pommes mit Würstchen. Ganz viel Ketchup. Und zum Abschluss noch ein paar Süßigkeiten. In einer weißen Brottüte. Ein ungespitzter Bleistift. Mit Radiergummi am Ende. Ein Flummi. Ich will aber den roten. Und toll war es. Auch wenn man im Auto gar nicht viel erzählen kann. Erst einmal verarbeiten. Lächelnd. Mit großen Augen. Und natürlich kann der auch ganz anders aussehen. Alternativer. Aber einmal im Leben. Muss der so ausgesehen haben. Traditionelle Sache . . .

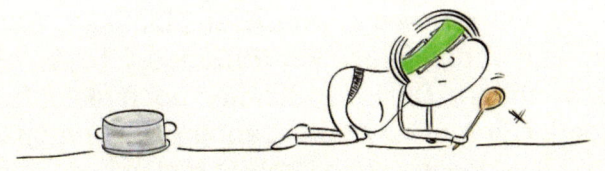

Kalle denkt:
Steuer. Nicht Schiff. Nicht Auto. Finanzamt. Zahlen. Tabellen. Formulare. Sich durch Quittungen quälen. Ordnen. Sortieren. Suchen. Sich erinnern. Auch eine Art, das Jahr noch einmal Revue passieren zu lassen. Darf ich dieses Abendessen absetzen? War das ein privater Termin? Wir haben bestimmt auch beruflich geredet. Noch einmal ein bisschen im Terminkalender recherchieren. Wofür habe ich das noch einmal gebraucht? Braucht man Dinge überhaupt wirklich? Sich ablenken. Wie bei allem. Was Was man machen muss. Vor Prüfungen. Tests. Abgabeterminen. Alles ist wichtiger. Die Ecke, die man noch nie aufgeräumt hat. Aber jetzt. Nur mal kurz durchzappen. Kurz entspannen. Und dann läuft der Film, den ich schon immer mal sehen wollte. Schon lange nicht mehr gesehen habe. Der mich spontan anspricht. Einen Grund gibt es immer. Unwichtige Dinge vorzuziehen. Verschiedene Typen.

Sich lange auf etwas vorbereiten. Einem Plan folgen. Oder auf den letzten Drücker. Rechtfertigungen. Ich bin halt so. Kann mich in meinem Alter sowieso nicht mehr ändern. Und es hat ja auch etwas Gutes. Muss nur, überlegen was noch einmal. Sich selbst belügen. Nicht schlafen können. Krank werden. Psychosomatik. Und alles nur wegen einer solchen Sache. Davon lasse ich mich doch nicht aus der Ruhe bringen. Und bin es schon längst. Je kürzer noch Zeit umso auf- geregter. Stress. Hektik. Wirkt auf das Umfeld. Ruhe bewahren. Überblick. Endspurt. Und dann. Das Gefühl, es geschafft zu haben. Erleichterung. Befreiung. Und der Wunsch, es beim nächsten Mal anders zu machen. Täuschende Sache . . .

Kalle denkt:

Bäckerei. Vom Duft angelockt. Geruch gewordenes Brot. Frisch. Brötchen. Semmel. Schrippen. Backwerk. Kaffee. Zum Hiertrinken. Kostet mehr als außer Haus. Das sind mir meine Beobachtungen wert. Die Atmosphäre. Ein freundliches „Guten Morgen". Oder auch „Grüß Gott!" oder „Moin", je nach Region. Freundlichkeit, die man erwidern muss. Die Auslage strahlt einen an. „Was darf es denn sein?". Schnelle Entscheidungen. „Ich weiß es noch nicht!". Andere vorlassen. Brezel. Krapfen oder Berliner. Heißen in Berlin Pfannkuchen. Die heißen in Österreich wiederum Palatschinken. Und Frankfurter in Frankfurt Wiener sowie umgekehrt. Aber da wären wir beim Metzger. Die belegten Brötchen so auftrappiert, dass man sieht, was alles drin ist. Eine Seite geschlossen. Damit da nix rausquillen kann. Alles, was das Frühstücksherz begehrt. Zeitung. Lokal. Und die mit den vier Buchstaben. Man trifft sich hier. Ein kurzes „Wie geht's?". Und der Austausch von Floskeln. Manchmal sogar ein richtiges Gespräch. Bestellungen für morgen abgeben. Die Rentnerin/Pensionistin, bei der die Verkäuferin weiß, was sie will. Verbilligtes Brot vom Vortag. Beim Geld abzählen helfen. Bis morgen namentlich verabschieden. Jemand setzt sich zum Tisch dazu. Ein Nicken. Manchmal langt das. Handwerker kaufen für ihre Kollegen ein. Eine Mischung aus Geschäftigkeit und Gemütlichkeit. Turbulente Ruhe. Noch ein Kaffee. Etwas Süßes zum Abschluss. Kuchen. Torte. Teilchen. Noch eine Prise Brot. Und der Tag kann beginnen. Gemütliche Sache . . .

Kalle denkt:

Vertrauen. Mehr als Glaube. Oder Hoffnung. Subjektive Überzeugung von der Richtigkeit, Wahrheit und Redlichkeit. Von Personen. Von Dingen, die Andere sagen oder tun. Oder von sich selbst. In unsicheren Situationen. Dass alles gut wird. Was auch immer gut bedeutet. Schon wieder subjektiv. Wer sich seiner Sache sicher ist, muss nicht vertrauen. Besitzt eine Basis. Vertrauensgrundlage. Gottvertrauen. Urvertrauen. Muss man sich erarbeiten. Außer in Familie. Da ist es da. Wenn alles gut läuft. Schon wieder gut. Leergut. Weingut. Landgut. Gutmensch. Was ist eigentlich falsch am Gutmensch? Wie konnte dieses Wort in Verruf geraten? Ist ein Schlechtmensch cooler? Erstrebenswerter? Ich verstehe auch gerne Frauen. Oder würde es gerne. Und warm duschen. Herrlich. Im Sitzen pinkeln. Da kann ich wenigstens meine Zeitung bei lesen. In Österreich bin ich sogar gerne Sesselpupser. Wesentlich mehr Auswahl. Bemerkenswerte Umkehrung von Begriffen. Umkehrung von Sichtweisen. Erschüttert Vertrauen. In Institutionen. In Politik. In das System. Durchaus verständlich. Alles ist komplexer geworden. Undurchsichtiger. Wer macht die Politik? Der Abgeordnete? Die Berater? Die Lobbyisten? Die Wirtschaft? Das Volk? Kein Vertrauen da. Aber wähle ich deshalb rechts? Als Konsequenz noch unverständlicher. Nur Parolen. Angst schüren. Keine Antworten. Keine Ideen. Außer dagegen sein. Laut sein. Schlechtbrüllende Sache . . .

Kalle denkt:

Slam. P-P-Poetry. Im rhiz. Hier. Auf anderen Bühnen dieser deutschsprachigen Welt. Überhaupt der Welt. Englisch geht ja auch. Andere Sprachen. Oder Mundart. Des konn I jo goar net. Im Team. Im Rotlichtviertel. Sogar mit musikalischer Untermahlung. Das macht aber Pause. Keine Requisiten. Ein Hut nur dann, wenn man ihn sonst auch immer trägt. Eigene Texte. Nicht gesungen. Das ist gut, denn sonst wäre ich mit Sicherheit mehr als dicht an den Null Punkten. Die habe ich noch nie erlebt. Jeder Text musste anscheinend geschrieben werden. Und er wurde es ja offensichtlich auch. Lustig. Lyrisch. Liebreizend. Aber auch politisch. Das ist das Geile an solch einem Abend. Für jeden etwas dabei. Und wenn der Text gerade nicht gefällt, isses in 5 Minuten wieder vorbei. Obwohl man es meistens eher schade findet. Dass es bereits vorbei ist. Aber es gibt ja noch das Finale. Und danach immer noch Möglichkeiten. Auf ein Bierchen mit dem Poeten. Oder der. Respect the poet. Wo anders gibt es so viel Respekt? Und klatschen für den Poeten, nicht für die Wertung. Kein Warten auf ein Telefon-Voting. Tafeln hoch. Oder per Applaus. Unmittelbar. Die beste und die schlechteste Wertung werden gestrichen. Zusammenrechnen. Das kann im Kopf schon manchmal schwierig sein. Ein weiterer Punkt, der das alles sympathisch macht. Die Atmosphäre ausmacht. Jeder kann auf die Bühne. Mit leisen Tönen. Oder lauten. Mit dem Publikum spielen. Mitmachen lassen. Strophe, Refrain, meinetwegen Kanon. Zum Lachen, Nachdenken, Abschalten, Zuhören, Staunen bringen. Vortragende Sache . . .

Kalle denkt:

Früh. So richtig. Wenn die Stadt noch schläft. Schönes Bild. Schnarchende Wolkenkratzer. Eine alpträumende Kirche. Oder schlafwandelnde Banken. Egal ob die im Park oder jene mit Geld. Wenn nicht klar ist, ob die Fußgänger noch oder schon unterwegs sind. Das Wanken vom Alkohol oder der Müdigkeit herrührt. Oder von beidem. Wenn die Straßen frei sind. Und die Ampeln auf rot. Keine Chance für Raser. Wenn die Leuchtreklamen sonor vor sich hinscheinen. Es müsste eine Art Augenbewegungsmelder geben. Der die Leuchtreklamen nur dann aktiviert, wenn jemand hinschaut. Gäbe eine wilde Lichtorgel. Wenn die Straßenreinigung den Unrat entsorgt. Und morgen wieder. Jeden Tag das gleiche Spiel. Irgendwer muss es ja machen. Regale werden eingeräumt. Brot gebacken. Kaffeeduft mischt sich in die Luft. In Würstlbuden wird der Mief von gestern entsorgt. Und hoffentlich auch das Fett. Hauptsächlich sind Lieferwagen unterwegs. Werden von immer mehr PKWs begleitet. Die Hektik schickt sich an, in das Geschehen einzugreifen. Erhebt sich gemächlich über die Häuser. Aktiviert die U-Bahnen. Setzt sich hartnäckig in den unterirdischen Gängen fest. Und infiziert die Vorbeikommenden. So dass sie nur den Weg vor sich sehen. Schnellen Schrittes. Scheuklappen. Den Tag im Kopf bereits durchgehend. Oder mit dem Handy beschäftigt. Die Nachtbusse gehen schlafen, die Tagschicht übernimmt. Alles noch pünktlich. Noch niemand wirklich gestresst. Aber so langsam kommt Leben in die Bude. Erwachende Sache . . .

Kalle denkt:

Tod. Schreibt man eigentlich keine Texte darüber. Außer Nachrufe. Grabesinschriften. Ist aber das einzige, was wirklich sicher ist. Am Ende. Steht das Ende. Auch wenn wir es versuchen mit Einfrieren. Konservieren. Medizin. Lebenserhaltenden Maßnahmen. Asche zu Asche und Staub zu Staub. Was soll mal auf meinem Grabstein stehen? Wie soll meine Beerdigung aussehen? Hab ich Bock, dass alle weinen? Lachen wäre pietätslos. Aber lustiger. Ich will, dass alle meine Freunde zusammenkommen. Und meine Feinde. Geschichten erzählen. Peinliche. Lustige. Nachdenkliche. Wahre. Die mich in das Licht rücken, das mir gerecht wird. Ein Mensch. Mit vielen Facetten. Positiven wie negativen. Beides gehört zu mir. Zu jedem. Es soll Rock erklingen. Spielt Placebo. Alter Bridge. Muse. Am besten Live. Und laut. So dass ich es hören kann. Egal, wo ich sein werde. Wer mitsingen will, soll das tun. Kein Gemurmel. Keine Gebetsbücher. Lest aus meinen Büchern. Verschenkt meine DVDs. Meine CDs. Alles, was mir gehörte. Betrinkt Euch. Feiert. Nicht meinen Tod, sondern das Leben. Euch. Rauscht. Raucht. Macht ein Event daraus. Ein KunstMeeting. Drei Tage lang. Helft beim Aufräumen. Spielt Charlodda. Mit 100 Leuten. Nehmt Euch in den Arm. Lacht. Spendet meine Organe. Macht Kunst aus dem, was übrig bleibt. Schenkt es meinetwegen Herrn Hirst, dann muss der keine Tiere mehr töten. Schmückt den Friedhof. Erinnert Euch an diese Feier. Mit einem Lächeln. Und wer unbedingt muss, der verdrückt eben eine Träne. Amene Sache . . .

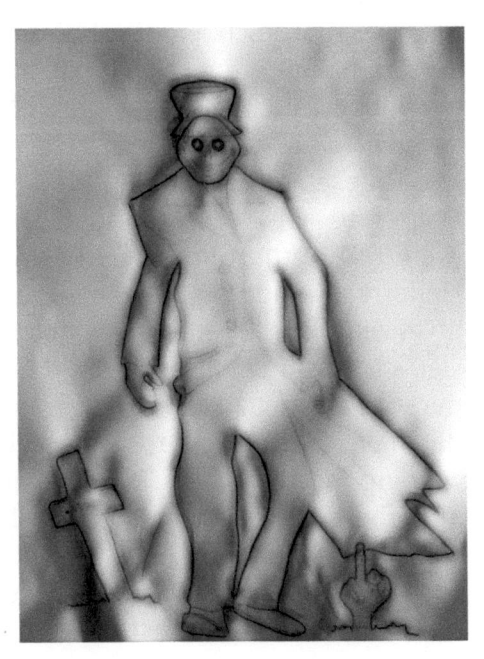

Kalle denkt:

Mitte. Der Gesellschaft. Hab sie noch nie gesehen. War noch nie da. Und doch soll es sie geben. Wenn Gesellschaft alle derzeit in Deutschland beheimateten Menschen sind. Keine Urlauber. Wo ist dann die Mitte? In welcher Dimension gedacht? Geographisch? Politisch? Ökonomisch? Welche Dinge unterscheiden uns? Hautfarbe. Alter. Bildungsgrad. Familienstand. Sexuelle Ausrichtung. Aussehen. Glaube. Schränken ein. Auferlegen Regeln. Verunmöglichen. Irgendwo in Thüringen liegt die Mitte von Deutschland. Wobei das mehrere Orte für sich beanspruchen. Man könnte Durchschnitte herstellen. Im Verdienst. In der Kinderzahl. Alles aber nur Statistik. Bilder im Kopf, wenn es um die Mitte geht. Erwerbstätig. Zwei Kinder. Spießig. Geregelter Tagesablauf. Sommerurlaub. Familienkutsche. Alles normal. Doch was ist schon normal? Für mich was anderes als für Dich. DIN-Norm. Die EU-Gurke. Was ist alles andere? Abnorm? Unnormal? Anders? Seltsam oder komisch? Plädoyer für einen positiven Begriff: Außergewöhnlich. So ist der Obdachlose. Ist viel interessanter als der Aktien-Anzugs-Fuzzie. Beide am Rand der Gesellschaft. Nur entgegengesetzt. Steckt eine Geschichte dahinter. Ein Schicksal. Leben. Das außergewöhnlich ist. Bewertung ändern. Den Mensch sehen. Vielleicht einen Kaffee ausgeben. Aber vorher fragen. Nicht jeder mag Kaffee. Und nicht jeder trinkt nur Alkohol. Viele haben wirklich Hunger. Nach Essen. Nach Menschlichkeit. Gesehen werden. Nach der Mitte. Hoffnungspendende Sache . . .

Kalle denkt:

Weg. Die des Herrn sollen unergründlich sein. Und meine? Der zum Supermarkt ist klar. Der zur U-Bahn geht sich auch noch aus. Aber dann? Eine Adresse finde ich durch Maps. Früher hätte ich gefragt. Oder einen Stadtplan bemüht. Aber wer hilft mir bei meinen Entscheidungen? Gibt es dafür auch eine App? Das fängt ja schon direkt nach dem Wecker an. Aufstehen oder liegenbleiben? Mein Körper macht sich schwer. Mein Kopf mischt sich ein. Und gibt die Befehle. Anzug oder Jeans? Kaffee oder Tee? Tschick oder heute mal keine? Auto oder öffentlich? Alles beeinflusst alles. Der umgefallene Sack-Reis in China. Mal andere Dinge ausprobieren. Dinge anders ausprobieren. Kleine Revolutionen starten. Meinetwegen mal die Stiege nehmen anstatt den Aufzug. Wegen der Alltagsfitness. Schlendern statt hetzen. Menschen anlächeln anstelle des Handys. Einfach mal drauflos gehen. Ohne Ziel. Und schauen, wo es einen hinbringt. Forrest Gump. Der Weg ist das Ziel. Schauen. Beobachten. Denken. Wahrnehmen. Bewusst hören. Vögel. Die 1000 Geräusche, die sonst nur zur Kakophonie der Zivilisation verschmelzen. Kakophonie wollte ich schon immer mal schreiben. Riechen. Komplett vernachlässigt. Der Frühling riecht anders. Und Regen erst. Wie riecht Liebe? Schmecken. Pizza mal selbst machen. So von Anfang an mit Teig und so. Oder neapolitanisch. Da liegen Welten zwische frisch und tiefgekühlt. So viele Dinge auf dem Weg. Rechts und links davon. Augen auf nicht nur bei der Berufswahl. Scheuklappenbefreiende Sache . . .

Kalle denkt:

Schlaf. Wichtig. Regeneration. Verdauen. Im Magen. Im Kopf. Träumen. Unruhig. Hin und her wälzen. Unterbewusstes. Kommt zutage. Nachts. Freddy Krüger. Schlaflabor. Schnarchen. Andere natürlich. Ganze Wälder werden abgeholzt. Mund zu halten. Hört zwar auf. Aber jetzt bin ich wach. Danke schön. Der Versuch, wieder einzuschlafen. Gedanken kreisen. Was steht morgen an? Was war das gestern eigentlich für ein Kommentar? Was muss ich alles machen? Immer dieses „müssen". Vom Stock zum Stöckchen. Immer wacher. Mal aufs Klo. Was trinken. Auch wenn ich dann eigentlich wieder die Zähne putzen müsste. Wandeln. Hinlegen. Aufs Schnarchen von jenseits des Bettes warten. Kommt aber nicht mehr. Stört auch. Auf der Seite liegen. Einfallendes Mondlicht. Blendet. Geräusche. Wo sonst Stille ist. Alles stört. Licht an. Lesen. Mist. Krimi ist gerade spannend. Schnarchen kommt doch wieder. Umzug auf die Couch. Glotze an. Läuft nur Müll. Könnte einschläfernd sein. Ist es aber nicht. Irgendwas mit Nazis auf n-tv. Hotline-Nummern auf sport1. Nichts hilft. Mitternachtssnack. Krümmel. Weiter probieren. Schäfchen zählen. Warme Milch. Einen Schuss Eierlikör rein. Kuscheltier. Warum singt mir niemand was vor? Ärzte. Wie wird der Tag morgen, wenn ich jetzt nicht schlafen kann? Kann man diese Gedanken mal abstellen? Der Blick auf die Uhr. Schon so spät. Oder früh. Licht aus. Alle Geräte aus. Die Lieblingsschlafposition. Der Wunsch an wen auch immer, dass es jetzt klappen möge. Bis der Wecker klingelt. Gähnende Sache . . .

Kalle denkt:

Daumen. Hoch. Grün. Besser two thumbs up. Like. Moderne Währung. Follower. Ich schaue mich um. Niemand hinter mir. Irgendwer sollte wenigstens hinter mir stehen. Eltern. Freunde. Auf mich stehen. Auf dem Kopf. Manchmal stehe ich neben mir. Schaue mir interessiert dabei zu, was ich so anstelle. Und dann lachen wir beide darüber. Über sich selbst lachen können. Können wenige. Man tut, was man kann. Andere können, was sie tun. Andere sind sowieso viel besser. Toller. Sehen besser aus. Makelloser. Glatter. Langweiliger. Erst mit Ecken und Kanten wird das Leben interessant. Früher hatten die elektronischen Geräte auch noch Ecken. Die Autos. Mittlerweile alles abgerundet. Was die Sache nicht unbedingt runder macht. Obwohl Rundungen durchaus etwas Feines sind. Hat man was in der Hand. Handgreiflich. Komischer Ausdruck. Man greift doch gar nicht. Noch nicht einmal nach den Sternen. Stars and stripes. Strippenzieher. Im Hintergrund. Man kann nur hoffen, dass die ihre sieben Sinne noch beisammen haben. So von wegen 3. Weltkrieg und so. Zartes Pflänzchen Hoffnung. Ordentlich gießen. Ist sowieso jetzt die Zeit, sich mal um den Garten zu kümmern. Alles blüht und gedeiht. Erwacht zu neuem Leben. Draußen sitzen. Obwohl es dort nur Kännchen gibt. Sich mal ordentlich die Kanne geben. AnnenMayKantereit. Echo. Campino versus Böhmermann. Und ein Österreicher gewinnt. Volkstümlich. Eigentümlich. Eigentlich. Dem folgt meist ein aber. Auf Regen folgt Sonnenschein. Bauernweisheitliche Sache . . .

Kalle denkt:

Eier. Dicke. Gekochte. Gespiegelte. Gerührte. Getrennte. Harte. Weiche. Versteckte. Gefüllte. Russische. Aus Bodenhaltung. Darf man nicht kaufen. Freilandhaltung. Besser is das. Bio. Von Fabergé. Hühner. Wachtel. Strauß. Kuckuck. Überraschung. Jetzt auch als Mädchen-Version in pink. Kinder unter 3 dürfen nix verschlucken. In Chile ist es verboten. Keine Spielsachenbeigabe mehr bei Lebensmitteln. Um Fettleibigkeit vorzubeugen. Und diesem McDonald's-Prinzip einen Riegel vorzuschieben. Ausgepustete. Angemalte. Übrigens um die frischen von den gekochten zu unterscheiden. Als Likör. Punsch. Aus Schokolade. Zucker. Weiß. Gelb. Grün wäre schlecht. Sol. Im Glas. Becher. Als Speise. Omelett. Tortilla. Ham and. Nudeln. Flüssig. Setz. Schnee. Fondant Dotter-Eier. Kaviar. Sind auch Eier. Feierabend. Meierei. Ein flotter Dreier. Immer die gleiche Leier. Überall Eier drin. In Brei und Eis eher nicht. Wie aus dem Ei gepellt. Das Ei des Kolumbus. Loriot hat ihm einen Sketch gewidmet. Was war eigentlich zuerst, das Huhn oder das Ei? Aus ungelegten Eiern schlüpfen keine Hühner. Zelle. Land. Frühstücks. Uhr. Stöcke. Sprung. Früher als Grabbeigabe. Zum Werfen. Dann bitte faul. Löw krault sie sich. Ach du dickes! Das Gelbe vom Ei. Wie ein rohes Ei behandeln. Für einen Appel und ein Ei. Aufschlagen oder mit dem Messer köpfen? So heiß, dass man ein Ei darauf braten kann. Die eierlegende Wollmilchsau. Kein Ei gleicht dem anderen. Eineiige Zwillinge. Und manchmal geht mir alles auf die Eier. Osternde Sache . . .

Kalle denkt:

Superhelden. Kostüme. Masken. Superkräfte. Alter Ego. Technik oder Mutation. Wenige Frauen. Meist Weiße. Mindestens aus der Mittelschicht. Black Panther. Herakles. Goldenes Zeitalter. 30er Jahre. Superman der erste berühmte. Obwohl Phantom schon vorher erschienen. Superman fand ich doof. Unverwundbar. Und noch mehr. Und wird von grünem Zeug geschwächt. Obwohl so ein Röntgenblick . . .. Fliegen als Superkraft fand ich immer cool. Oder unsichtbar sein. Am besten beides. Marvel. DC. Batman war mein Held. Reich und super. Gibt aber auch böse. Antihelden. Im Krieg immens beliebt. Sogar als Papier rationiert war. Wo Superhelden, da auch immer Superschurken. Bedingt einander. Robin Hood. Tarzan. Riskieren ihr Leben bedingungslos für Andere. Hohe Moral. Und tötet den Gegner nicht. Nur in ganz besonderen Ausnahmefällen. Deshalb kommen diese Superschurken auch immer zurück. Mittlerweile dauernd Filme darüber. Brauche keinen Film. Kann mich umschauen. Superhelden gibt es auch in der Realität. Eltern für ihre Kinder. Jeder Alleinerziehende. Was die alles leisten müssen. Mit einem beschissenen Standing. Wenig Geld. Oder Flüchtlinge. Übers Mittelmeer. Der Überlebenstrieb muss immens sein. Können wir uns gar nicht vorstellen. Ebenso wenig wie Hunger. Und irgendwie jeder, die sich für Andere einsetzt. Sollte eigentlich selbstverständlich sein. Isses aber nicht mehr. Jeden Tag eine gute Tat. Vergessene Sache . . .

Kalle denkt:

Joggen. Oder Nordic Walking. Nachts. Nackt geht auch. Ist aber Erregung öffentlichen Ärgernisses. Selbst wenn gar nicht erregt. Also nachts. Nix los. Wenig Autos. Ein paar Hunde mit Herrchen oder Frauchen. Die dann dem Hund beim Kacken zuschauen. Ein paar Kiffer. Riecht ganz nett. Hier und da mal jemand auf einer Bank. Telefonierend. Was müssen die für Wohnungen haben, wenn sie das hier vorziehen. Vielleicht gar keine? Jedenfalls ohne Privatsphäre. Auch schon mal ein brennendes Auto. Feuerwehr unterwegs. Oder ein Fuchs. Besser als ein „Wolf". Der einen ein Stück weit begleitet. Mitten in der Stadt. Mulmiges Gefühl dabei. Sonst aber ungestört laufen. Kein Zickzack durch Fußgänger wie an sonnigen Nachmittagen. Keine anderen Jogger, die einen überholen. Allerdings auch niemand, den man überholen kann. Oder an dessen Fersen man sich heften könnte. Windschatten. Weniger Gestank. Mehr frische Luft. Oder zumindest den Anschein davon. Immer geradeaus. Mit den eigenen Gedanken beschäftigt. Abschweifen. Das Laufen gar nicht mehr wahrnehmen. Verloren in Ideen. Reflexionen. Projektionen. Neue Plakate. Veranstaltungshinweise. Wahrnehmung. An guten Abenden Andere grüßen. Einfach mal so. Verwunderung ernten. Wettlauf mit der Bim. Kurzfristige Entscheidung, welche Strecke. Die lange, die kurze oder die ganz kurze. Jeden Stein kennen. Sich spüren. Atmen. Leben. Untersuchungen misstrauen, die Joggen verteufeln. Pläne schmieden. Energie tanken. Befriedigende Sache . . .

Kalle denkt:

Traumwelt. Haben wir alle. Um uns herum. Fein säuberlich aufgebaut. Über Jahre. Mitunter unerschütterlich. Wie eine zweite Haut. Eine Hülle. Manches dringt durch. Manches nicht. In beide Richtungen. Der eigene Saft. In dem wir täglich braten. Baden. Uns suhlen. Gepflegt durch Rituale. Angewohnheiten. Liebgewonnene. Unreflektierte. Bilden uns ein, das sind wir. Macht uns aus. Persönlichkeit. Der Tellerrand. Manchmal nur ein Untersetzer. Wenn überhaupt. Dahinter unbekanntes Land. Jenseits der Komfortzone. Böse. Was sollen wir da? Überraschungen sind was für Geburtstage. Solange sie den Rahmen der Traumwelt nicht sprengen. Hollywood. Liefert uns die Bilder. Netflix. Soll ja nix kosten. Wer bezahlt die Schauspieler, die da mitspielen? Ist aber eine Sauerei, was die verdienen! Und Fußballer erst! Laufen nur einem Ball hinterher. Gib doch jedem einen. Haha. Und die Schere zwischen arm und reich geht sowieso immer weiter auseinander. Scheiß Spiel. Wer hält es denn am Leben? Wer spielt alles mit? Naja, die Anderen. Die sind immer Schuld. Wo ist eigentlich meine eigene Nase? Was kann ich schon ausrichten. Bin doch nur ein kleines Licht. Das irgendwie versucht, durchzukommen. Sag das mal jemandem in Aleppo. Immer diese Flüchtlinge. Totschlagsargument. Ist außerdem immer noch weit weg. Und selbst wenn die es übers Mittelmeer schaffen sollten. Haben wir immer noch unsere Mittel. Um denen Steine in den Weg zu legen. Oder Brandsätze. Aufwachende Sache . . .

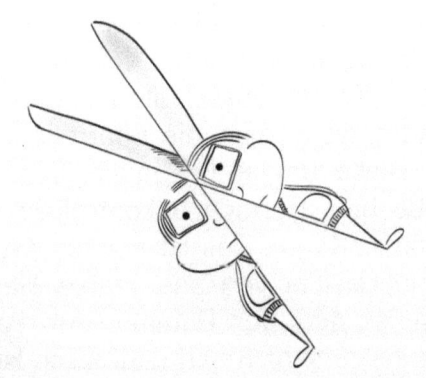

Kalle denkt:

Kontrolle. Besser als Vertrauen? Mechanismus. Wahn. Verlieren. Und hoffentlich irgendwann mal wiederfinden. Leistungsmotivation. Funktionieren. Bedeutet doch sich unter Kontrolle haben. Oder? Gefühle unterdrücken. Triebe ausschalten. Vernunft an. Dabei ist man erst wahrhaftig, wenn man die Kontrolle verliert. Dafür lohnt es sich doch. Diese Dinger im Bauch. Schmetterlinge. Nicht Flugzeuge. Liebe halt. Herrlich unkontrolliert. Blind. Rosarot. Da hat Kontrolle nix verloren. Das ist einfach. Wunderbar. Oder bei Wut. Auch ein Gesicht von uns. Fratze. Hässlich, ja. Aber wahrhaftig. Dumm ist der, der Dummes tut. Passiert schnell bei Wut. Wenn man ihr zu sehr freien Lauf lässt. Ist aber natürlich. Steckt in jedem von uns. So als Reaktionsmöglichkeit. Wut ist heftiger als der Ärger und schwerer zu beherrschen als der Zorn. Ist Abreaktion. Angeborener Aggressionstrieb. Wenn man den unterdrückt, kommt es zu seelischen Störungen. Meint Siggi. Chaos. Das Gegenteil von Kontrolle. Grenzen der Vorhersagbarkeit. Unsicherheit. Können wir gar nicht mit umgehen. Deshalb Versicherungen. Alles und jeden. Am besten überall eine Kamera. Auch in uns selbst. Überwacht das innere Team. Die eigenen Rollen. Damit alles gesittet abläuft. Ohne Überraschungen. Langweilig. Fad. Risikoarm. Sich trauen. Muss ja nicht gleich eine Hochzeit sein. Wobei Hoch-Zeiten an sich toll sind. Aus Fehlern lernen. Scheiternde Sache . . .

Kalle denkt:

Druck. Leistung. Buch. Gutenberg. Ausdrücklich. Beeindruckend. Drückend überlegen. Auf dem Klo. Oder im Fußball-Stadion. Druckmittel. Druckerschwärze. Drückerkolonne. Eindrücke. Zweidrücke. Drückeberger. Sepp Herberger. Jugend. Forscht. Frosch. Waschmittel. Wer kommt noch mit? Wenn die Assoziationen einen abhängen. Chillen. Mexiko. Zitrone zum Bier. Übrigens nicht, weil es schmeckt, sondern weil es desinfiziert. Zitrone zum Tequilla. Den kann ich nicht mehr trinken. Was für eine Nacht damals. Dass man in der Jugend aber auch immer Grenzen ausloten muss. Sich doch denken könnte, wie das endet. Aber man wissen will, ob man richtig gedacht hat. Und wenn die Eltern sagen tu das nicht. Dann wird das doch erst recht angegangen. Verbote als Anreize. Lernprozess. Ohne Richter. Meistens jedenfalls. Ilja. Wer kennt den noch? Dieter Thomas Heck. Heckenschere. Edward. Auch Alkoholiker. Prinz. Auch schon tot. Nix hält mehr. Badesalz. Mitesszentrale. Wie weit ist denn das jetzt von Heddernheim entfernt? Das Navi weiß es. Ich frage lieber. Interaktion. Live. Ich gehe auch zu keiner Kasse, bei der nicht ein Mensch sitzt. Inkonsequent. Denn mein Geld hole ich am Bankomat. Und mit einem fahrerlosen Bus würde ich auch genau ein Mal fahren. Nur um es auszuprobieren. Was ist schon konsequent? Ein ethisch korrektes Leben existiert nicht. Jedenfalls nicht in unserem Kapitalismus. Also immer Kompromisse. Wenn man sich dessen bewusst ist, ist das bereits die größtmögliche Konsequenz. Zivilisierte Sache . . .

Kalle denkt:

Schönheit. Liegt im Auge des Betrachters. Die inneren Werte zählen. Sagt der Verstand. Geiler Arsch. Oder was man bevorzugt. Sagt das Auge. Bewerten. Nach drei Sekunden haben wir einen Eindruck von einem Mensch. Ihn in eine Schublade gesteckt. Hat sogar einen Sinn, denn wir müssen wissen, ob Gefahr für uns lauert. Oder nicht. Kampf. Flucht. Starre. Uralter Instinkt. Nix gegen Schubladen. Ordnen Dinge. Strukturieren. Doof, wenn sie zu bleiben. Wenn Dinge nicht wechseln dürfen. Keine Veränderung. Starrsinn. Also weg mit den Vorderteilen einer Schublade! Wie heißt das eigentlich? Blende? Verwandelt alles in Regale! Lagerregal. Wildes Wechseln. Dinge kennenlernen. Menschen. Bräuche. Situationen einordnen. Umordnen. Subjektiv. Gesellschaftliche Konventionen über Bord schmeißen. Ästhetik. Der goldene Schnitt. Prinzip der Gleichheit und Einheit. Vollkommenheit. Harmonie. Symmetrie. Langeweile. Was ist mit Ecken und Kanten. Eigenarten und Besonderheiten. Liebenswert. Machen den Unterschied. Schönheitsideal. Ändert sich. Größe 0. Modezeitschriften. Bilder. Setzen sich im Kopf fest. Wirken dort. Nagen dort. Lassen einen unzufrieden werden. Make-Up. Photoshop. Hals länger. Wimpern weg. Andere Gesichtsfarbe. So ein Model wie auf dem Plakat gibt es gar nicht. Produkt. Wirbt für ein anderes Produkt. Verkauft nebenbei Bulimie. Ess-Störungen. Frankreich verbietet Magermodels. Und fast Nutella. Wenn jetzt die ganzen Magermodels die Nutella wegessen, wäre allen geholfen. Ausgleichende Sache . . .

Kalle denkt:

Kopfhörer. Aufgesetzt und die Welt ausgeschaltet. Abschottung. Kommunikation ist anstrengend. Kann mitunter kontrovers ausfallen. Andere Meinung. Als Angriff verstanden. Gar nicht so gemeint. Einfach nur anders. Es gibt so viel anders. Verwirrt. Da bleibe ich lieber in meiner Welt. Da kenne ich mich aus. Konfliktscheu. Soll alles funktionieren. Das Miteinander. Obwohl immer komplizierter. Immer weniger Dinge, von denen man ausgehen kann, dass sie einer gesamtgesellschaftlichen Vorstellung entsprechen. Macht es nicht unbedingt einfacher. Reichtum an Werten, Moralvorstellungen und Möglichkeiten. Positiv ausgedrückt. Dauernd Entscheidungen treffen. Schon als Kind. Überforderung. Einfach mal sagen, wo es lang geht. Kinder wären dankbar. Brauchen Grenzen. Müssen sich reiben. Aber Reibung wird negativ bewertet. Dabei könnte es auch Nähe bedeuten. Denn nur, wenn man sich nah genug ist, kann man sich auch reiben. Könnte man lernen. Anerkennung des Anderen. Respekt und so. Ist nicht einfach so da. Muss man sich erarbeiten. Wenn ein alter Mensch sich Scheiße verhält, darf ich das auch Scheiße finden. Grundrespekt einem Menschen gegenüber. Das langt. Mehr wäre unterwürfig. Ein Zeichen von Schwäche. Eigene Grenzen kennen. Allgemeinen Umgang wissen. Das Wort „man" mit Inhalt füllen. Stattdessen mein Raum. Dein Raum. Berührungspunkte. Könnten spannend sein. Mit Neugierde betrachtet. Anstatt mit Angst. Der Angst kann man beikommen. Wenn man Flugangst hat, muss man fliegen. Was macht man bei Angst vor der Zukunft? Unwausweichliche Sache . . .

09.04.2016

Kalle denkt:

Geburtstag. Älter werden. Da rede ich nicht mit. Habe beschlossen, einfach damit aufzuhören. Ich bleibe jetzt immer so alt, wie ich mich fühle. Aber auf keinen Fall 27. Da könnte ja vielleicht noch was passieren. Obwohl ich kein Rockstar bin. Man weiß ja nie. Dann bleibe ich eben immer 28. Auch wenn es heißt, dass das Alter heute anders wäre als früher. Manche sagen besser. Will es aber gar nicht ausprobieren. Was, wenn es schlechter ist? Man hört so viel von dem fitten Alter. Ich will gar nicht fit sein. Fit war ich schon mein ganzes Leben. Ich will relaxen. Entspannen. Chillen. Fünf gerade sein lassen. Und die Welt einfach mal Welt sein lassen. Ohne mich. Jedenfalls eine Zeit lang. Weiß nicht, wie lange ich das aushalte. Habe es ja noch nicht ausprobiert. Aber bin ja auch noch gar nicht alt! 28 eben. Cooles Alter. Noch nicht zugelassen bei: Ü30-Partys. Knapp nicht mehr jugendlich. Also auch nicht mehr vor dem Gesetz. Darf halt jetzt nix mehr anstellen. Wie war das mit 28 nochmal? Keine Kinder. Das heißt das Wochenende gehört noch mir. Saufen klappt noch, ohne dass der nächste Tag komplett Horror wird. Die Midlife-Crisis ist noch meilenweit entfernt. „Noch" scheint das Wort für 28 zu sein. Ich bin also noch. Aber eigentlich finde ich das ganz cool. So mit meinem Alter. Den Kids. Alles ein bisschen gediegener. Flirten mit der Spießigkeit. Modern konservativ. Und verdammt unanstrengend. Sollen sich doch andere ihre Hörer abstoßen. Nur an dem Horror müssen wir noch etwas arbeiten. Trainierende Sache...

Danksagungen:

Danke an Gesine für das Zuhören, für das Mitdenken, für die Kritik und für das Anregen.

Danke an Luana und Maila für die Lebendigkeit und die Struktur.

Danke an Bianca für den entspannten Prozess des Buch-Bastelns.

Danke an alle Illustratorinnen und Illustratoren für Euren Beitrag und das Sich-darauf-Einlassen.

Danke an Wien und die Welt für die unentwegte Inspiration.

Danke an alle, die Kalle lesen und Spaß damit haben!

Die Illustratorinnen und Illustratoren samt
Kontaktmöglichkeit:

Titelbild:
Luana Otto (luana.otto@kommstruktiv.de)

„Kalles Kram im Kopf", Nachtzug, Gerüche, Sprache:
Marianne Hink (marianne.hink@gmail.com)

2017, Gewalt, Schnee, Mensch, Kindergeburtstag, Bäckerei,
Vertrauen, Slam, Früh, Mitte, Schlaf, Daumen, Eier,
Superhelden, Joggen, Traumwelt, Kontrolle, Druck, Schönheit,
Kopfhörer, Steuer/Tod/Wege:
Petra Kölbl (petrakoelbl26@gmail.com)

Wordcloud, Striche und „Gimmicks" in Blau:
Bianca Schützenhöfer (office@biancaschuetzenhoefer.at)

„Die Geburt einer besonderen Art II", Identität, Moment, Tod,
Kopfhörer:
Dirk Becker (dirk70becker@web.de)

Mensch, Steuer, Wege:
Carola Bergmann (www.carola-bergmann.de)

Ausstellung, Mensch:
Briant Rokyta (Permanent Creation www.briantrokyta.com)

Identität:
Wolfgang Müller-Commichau (Künstler und Hochschullehrer; mueller-commichau1@web.de)

Identität, Weihnachtsfrieden:
Daniela Hery (Mainz; hery@a-hery.de)

Tagebuch:
Manuel Weiland (manuel196weiland@web.de; Instagram: Manuel.weiland_art)

Entwürfe Seite 102:
Barbara Rößler Freizeichen (https://barbararoessler.wordpress.com/; b_roessler@gmx.de)

Alle Texte sowie Geburtstag:
Marcus Becker (www.schriftstellen.net; marcus.becker@komm-struktiv.de und unter Marcus A. Becker auf facebook)